Cuentos de un minuto

István Örkény

Cuentos
de un minuto

Selección de Zoltán Fráter

Traducción de Judit Gerendas

Cuentos de un minuto
ISTVÁN ÖRKÉNY

Primera edición: marzo de 2014

© Estate of István Örkény
© 2006 THULE EDICIONES, S.L.

Director de colección: José Díaz
Traducción: Judit Gerendas
Corrección: Aloe Azid
Ilustración de cubierta: Riki Blanco
Maquetación: Jennifer Carná

ISBN:978-84-15357-48-3
D.L.:B-2936-2014

Impreso por Gráficas Tuduri, España

www.thuleediciones.com

Instrucciones de uso

Los cuentos anexos, a pesar de su brevedad, son obras de plena validez. Su principal ventaja consiste en que uno ahorra tiempo con ellos, puesto que no exigen una atención desmedida, de esas que se prolongan por semanas o meses. Mientras se cocinan los huevos pasados por agua o mientras logramos comunicarnos con el número telefónico que estamos marcando, leamos un *cuento de un minuto*. Sufrir de un estado anímico depresivo o estar al borde de un ataque de nervios no representan impedimento alguno. Podemos leerlos sentados o de pie, en medio del viento o bajo la lluvia, o viajando en un autobús repleto de gente. Casi todos estos textos pueden ser disfrutados incluso mientras uno está caminando.

Recomendamos prestar atención a los títulos. El autor se concentró en la brevedad, de modo que no pudo proporcionar nombres de poco significado. Antes de subir a un tranvía solemos mirar la señalización del vehículo. El título de estos cuentos tiene ese mismo objetivo.

Por supuesto, esto no significa que es suficiente leer solamente los títulos. Es necesario empezar con ellos, pero luego debe continuarse con el texto: en verdad, ése es el único modo de uso correcto.

¡Atención!

Si alguien no entiende algo, deberá leer de nuevo el texto en cuestión. Si tampoco lo entiende en esa oportunidad, el defecto debe ser del cuento.

No hay personas incompetentes, sólo *textos de un minuto* deficientes.

Acerca del grotesco

Tenga la bondad de colocarse de pie, con las piernas abiertas, inclínese profundamente hacia delante y, manteniendo esta posición, mire hacia atrás por entre las piernas. Gracias.

Observemos en torno a nosotros y demos cuenta de lo que vemos.

El mundo se ha vuelto al revés. Las piernas masculinas patalean en el aire, los pantalones se enrollan hacia arriba, y las muchachas —ah, las muchachas—, ¡cómo intentan sujetar sus faldas!

Aquí vemos un automóvil: está con sus cuatro ruedas al aire, como un perro que espera que le rasquen la barriga. Un crisantemo aparece tal cual un muñeco que vuelve a quedar siempre derecho, por más que se le empuje, un tentetieso: su delgado tallo se alza hacia el cielo, mientras la flor se mantiene en equilibrio sobre su cabeza.

La humareda de un tren expreso pasa de largo a toda velocidad.

La iglesia parroquial del centro sólo roza la tierra con la punta de los pararrayos que se encuentran sobre las cruces de sus dos torres. Más allá vemos un rótulo en la ventana de la taberna:

CERVEZA FRESCA DE SIFÓN

Dentro, un cliente tambaleante —cabeza abajo— trae su cerveza desde el mostrador, en este orden: en la parte inferior la espuma, encima la cerveza y arriba de todo el fondo del vaso. Ni una sola gota se derrama.

¿Es invierno? ¡Pues claro! Los copos de nieve revolotean en dirección a lo alto, y las parejas patinan deslizándose sobre el congelado espejo de la bóveda celeste. ¡No es, realmente, un deporte fácil! Busquemos ahora alguna escena más alegre. ¡Aquí la tenemos: un entierro! En medio de la nevisca que va ascendiendo podemos contemplar, a través del velo de las lágrimas que corren hacia arriba, cómo los sepultureros suben el ataúd con la ayuda de dos gruesas cuerdas. Los compañeros de trabajo, los conocidos, los parientes cercanos y lejanos, así como la viuda y tres huérfanos, todos sujetan terrones que comienzan a lanzar sobre el féretro. Recordemos los desgarradores sonidos de los terrones arrojados a la tumba, mientras caen y se desmoronan, en tanto la viuda llora y los huérfanos se lamentan... ¡Qué sensación tan distinta produce lanzarlos hacia arriba! ¡Cuánto más difícil es acertarle al ataúd! En primer lugar, hacen falta terrones de buena calidad: los demasiado suaves se desmigan a mitad de camino. Así que la gente se atropella, corre de aquí para allá y se empujan los unos a los otros, buscando terrones duros. Pero no es suficiente que el terrón sea como debe ser: si se lanza con mala puntería es devuelto, y si le da a alguien —en particular a algún pariente rico y elegante—, comienzan las burlas, unas saludables y maliciosas risas en sordina. En cambio, si todo resulta bien —es decir, el terrón es duro y la puntería es precisa, capaz de darle de lleno al ataúd de madera—, entonces el lanzador es aplaudido y todos regresan a casa con el ánimo risueño, para recordar por mucho tiempo el gran impacto, el querido muerto y la divertida ceremonia que quedó tan bien, en la cual no hubo manifestación alguna de hipocresía, simulacros de duelo ni falsas declaraciones de pésame.

Por favor, tened la bondad de enderezaros. Como podéis ver, el mundo se ha puesto de pie y vosotros podéis llorar a vuestros amados deudos con la cabeza levantada y dejando correr amargas lágrimas.

SITUACIONES

Sin novedad

Una tarde, sobre la tumba número 14 de la parcela 27 del cementerio público de Budapest, se derrumbó, con gran estruendo, un obelisco de granito de casi tres toneladas. De inmediato la tumba se abrió en dos y la muerta que allí descansaba, la señora de Mihály Hajduska, de soltera Stefania Nobel (1827-1848), resucitó.

Sobre el obelisco, con letras ya desgastadas por el tiempo, se hallaba grabado también el nombre de su esposo, el cual, por razones desconocidas, no resucitó.

A causa del mal tiempo sólo unas pocas personas se hallaban en el cementerio, pero los que escucharon aquel gran estrépito se reunieron en el lugar. Ya para entonces la joven se había sacudido la tierra, había pedido prestado un peine y se había peinado.

Una ancianita, que se cubría con un velo de luto, le preguntó que cómo se sentía.

—Gracias —dijo la señora Hajduska—, bien.

Un taxista se interesó por saber si tenía sed.

—Ahora no deseo beber nada —contestó la ex-muerta.

—Con lo pésima que es esta agua de Budapest —señaló el taxista, tampoco él deseaba beberla.

—¿Qué le pasa al agua de Budapest? —preguntó la señora Hajduska.

—Le echan cloro.

—Le echan cloro, claro que le echan cloro —confirmó Apostol Barannikov, cultivador de flores búlgaro que vendía sus productos a la puerta del cementerio. Ésa era la razón por la que él se veía obligado a regar sus plantas más delicadas con agua de lluvia.

11

Alguien dijo que hoy en día le echan cloro al agua en todas partes.

Aquí la conversación se atascó.

—¿Y qué otra novedad hay? —se interesó la joven.

—No ha pasado nada especial —le contestaron.

De nuevo se hizo el silencio. Entonces comenzó a llover.

—Tenga cuidado de no resfriarse —le dijo a la resucitada Dezsö Deutsch, pequeño industrial dedicado a fabricar cañas de pescar.

—No tiene importancia —dijo la señora Hajduska. A ella precisamente le gustaba la lluvia.

—Eso depende de la clase de lluvia —dijo la ancianita.

Ella se refería a esta tibia lluvia de verano, informó la señora Hajduska.

Él, en cambio, no necesitaba ninguna clase de lluvia, expresó Apostol Barannikov, porque sólo sirve para espantar a los visitantes del cementerio.

Eso él lo podía comprender muy bien, contestó el pequeño industrial fabricante de cañas de pescar, manifestando así su acuerdo.

Después de eso se instaló un silencio prolongado.

—¡Cuenten algo, pues! —exclamó la resucitada.

—¿Qué podemos contar? —contestó la ancianita—. En verdad, no tenemos tantas cosas que contar, nosotros.

—¿No sucedió nada desde la guerra de independencia?[1]

—Siempre sucede algo —dijo el pequeño industrial, con un gesto de desaliento—. Pero es como dicen los alemanes: *Selten kommt etwas Besseres nach.*

—Esto es lo que hay...[2] —agregó el chofer de taxi, y como lo que le interesaba era conseguir algún pasajero, desencantado, regresó a su automóvil.

Se mantuvieron callados. La resucitada miró el hueco de la tumba, sobre el cual no se había cerrado la tierra. Esperó un rato más,

---

1. Recuérdese que la mujer murió en 1848, fecha de la fracasada guerra de independencia húngara en contra de los Habsburgo. (*N. de la T.*)

2. Frase popular en Hungría durante el socialismo: «Esto es lo que hay, esto es lo que nos tiene que gustar». (*N. de la T.*)

pero viendo que a nadie se le ocurría nada, se despidió de los que la rodeaban.

—Hasta la vista —dijo, y descendió al hueco.

El pequeño industrial fabricante de cañas de pescar, servicial, le ofreció la mano, para evitar que se resbalase en el barro.

—¡Que le vaya bien! —dijo, dirigiéndose a la profundidad del hueco.

—¿Qué pasó? —les preguntó en la entrada el taxista—. ¿No se habrá metido de nuevo en su tumba?

—Sí que se metió, sí —meneó la cabeza la ancianita—. Y eso que conversábamos tan ricamente.

¿Qué es esto? ¿Qué es esto?

Los D. (una familia decente) solicitaron que su nombre no fuese mencionado. A cambio prometieron contarlo todo, sin atenuantes, con la esperanza de obtener de nuestros lectores alguna información valiosa.

Sobre la parcela que habían heredado, en la antigua calle 127 (la actual calle Rivalda), construyeron, con el arduo trabajo de largos años, una casa propia de cuatro habitaciones, a la cual, el año pasado, el Día de la Asunción (ello carece de todo significado), por fin pudieron mudarse.

Venían de una vivienda situada en un sótano, un poco húmeda, pero en la cual no tuvieron nunca ningún problema. La calle Rivalda era, por el contrario, un lugar rodeado de vegetación, la casa se orientaba hacia el sur y el sol resplandecía. No obstante, apenas deshicieron el equipaje, sintieron picores en la piel.

En el entusiasmo del primer momento no le hicieron ningún caso. Por fin tenían de todo. Casa, calentador de agua, televisor, sacudidor de alfombras y muchas otras cosas más, para hacer la lista de todo lo cual no tenemos espacio. Entonces, ¿qué era esto? Se fueron diciendo los unos a los otros que debía de ser producto del agotamiento nervioso, lo que sonaba verosímil, ya que realmente habían construido la casa con un esfuerzo sobrehumano.

El propio D., que era ingeniero y había trabajado día y noche haciendo horas extras y trabajos especiales, hoy en día vive a base de cafeína. La señora D., quien se ocupó de todos los trámites oficiales, consiguió profesionales expertos y obtuvo préstamos, e incluso encontró, con mucha dificultad, las tablas de madera que se necesitaban, poco a poco fue perdiendo el equilibrio psicológico. Ahora da grandes golpes a la pared, haya o no moscas sobre ella.

Casaron a su hija, la cual amaba a otro, con el hijo de un veterinario de provincias, ya que los nuevos parientes los ayudaron con una considerable suma. Su único hijo varón aspiraba a estudiar medicina. Pero el asunto se redujo a la pregunta: ¿la carpintería del techo o el diploma de médico?

El pobre muchacho desde entonces vive en una disociación psíquica, tiene un tic en un ojo y no come carne de ningún tipo: de los productos de origen animal sólo consume queso fundido y leche. Él fue el primero en sentir la picazón por todo el cuerpo. Durante dos meses estuvo asistiendo a la Clínica Dermatológica, pero ningún tratamiento le hizo efecto.

A los demás tampoco. Su picazón es de tal naturaleza, que no se manifiesta en ciertos puntos específicos, sino en toda la superficie del cuerpo. No la calma ni rascarse, ni colocarse compresas, ni tampoco esparcir un talco refrescante. Por las mañanas todavía es relativamente soportable, pero por las noches se vuelve inaguantable.

¿Qué pudo haber pasado? La vida de los D. es un infierno. Van y vienen. Salen a toda prisa y regresan. Comen de pie. No pueden estar sentados, porque les pica al mismo tiempo la nuca, la punta de la nariz, la corva y, en general, todo aquello que en la vivienda del sótano no les picaba. Agrava el problema el que no sólo pique el punto que pica —por ejemplo la oreja— sino también el dedo con el cual se rascan la oreja. Realmente, ¿qué es esto?

A petición de ellos mismos, informo qué medidas de alivio han tomado hasta ahora:

Probaron todas las cremas posibles.

Se broncean continuamente con lámparas de cuarzo.

Fumigaron.

Hirvieron toda la ropa.

Solicitaron la presencia del doctor K. E. (también pidió que su nombre no fuese mencionado), el cual, tras realizar investigaciones con su varita mágica, estableció que ni en la casa ni en sus alrededores podían observarse campos magnéticos de efecto pernicioso.

Han escuchado que las aguas del Jordán son buenas para calmar la picazón.

Solicitan que se presente cualquiera que pueda conseguir aguas del Jordán.

También aquellos que no las puedan conseguir, pero que se hayan curado ya de un mal similar.

Y también aquellos que, sufriendo de un mal similar, no se hayan curado.

En general, que se presenten todos, y digan su opinión. Así no se puede vivir.

La muerte del actor

Hoy en la tarde, en una de las calles laterales a la avenida Üllöi, perdió el conocimiento y cayó desmayado Zoltán Zetelaki, el popular actor. Los transeúntes lo llevaron a la clínica más próxima, pero resultó vano todo intento por resucitarlo con los avances más recientes de la ciencia, incluido el uso de un pulmón de acero. El excelente actor, después de una larga agonía, falleció a las seis y media de la noche; su cuerpo fue trasladado al Instituto de Anatomía.

A pesar de este trágico acontecimiento, la representación de esa noche de *El rey Lear* transcurrió sin contratiempos. A pesar de que Zetelaki se retrasó un poco, y en el primer acto se le notó extremadamente cansado (en algunos momentos fue evidente que requería de la ayuda del apuntador), luego se encontró a sí mismo, y la muerte del rey ya la representó con una fuerza tan convincente, que recibió un aplauso estruendoso.

Después lo invitaron a cenar, pero no fue. Se limitó a decir:

—Hoy tuve un día muy difícil.

Prestigio

Nos pasamos dos semanas planificando su compra. Todos los días nos deteníamos ante las vitrinas y la mirábamos anhelantes. Finalmente, el día de mi cumpleaños, el cinco de abril al mediodía, preguntamos cuánto costaba. Doscientos setenta y cinco francos —dijo el frutero—. Es una jugosa piña de primera clase, absolutamente fresca. A mi esposa le pareció demasiado cara, pero a mí no. Claro, si lo comparamos con la sandía, es mucho, pero en relación con la piña seguro que no. La compramos y la llevamos a casa. La colocamos dentro de un cenicero y la contemplamos. Caminamos alrededor, tratando de entablar amistad con ella, la elogiamos y recalcamos su belleza y exotismo. De su parte superior brotaba una planta distinta, una especie de palmera: si la regáramos o la colocáramos en agua, quizás muy pronto crecería hasta hacerse bien alta y florecería.

En la posada enseguida se corrió la voz de que en el nueve compraron una piña. La mujer de la limpieza entró y se presentó —hasta ese momento jamás la habíamos visto—, y nos recomendó que la peláramos, la cortáramos en rodajas, la espolvoreáramos con azúcar y la dejáramos reposar así un día o dos. «Tonterías —dijo una estudiante inglesa en el recodo de la escalera—. Hay que comerla con ron, así es más deliciosa.» Un compatriota, con quien hasta ese momento nos limitábamos sólo al saludo, nos pasó un papelito por debajo de la puerta: «No le hagan caso a nadie —escribió—. Hay que pelarla muy bien, porque la parte dura no se puede consumir, pero la fruta debe comerse tal como está».

A la noche la pelamos y nos la comimos. No sabía a nada. Era apenas un poco peor que la calabaza. Lo mismo con azúcar o con ron. La fuimos tragando con dificultad y luego nos tomamos un vaso de agua. Al tercer día nos encontramos con la muchacha inglesa en el pasillo.

—¿Les gustó? —preguntó.

—Mucho —respondí.

Suspiró.

—No se puede negar —dijo—, una piña es una piña.

Desde entonces, a escondidas, me detengo frente a los puestos de frutas y, anhelante, contemplo las piñas.

Fenómeno

Un corcho, que no se diferenciaba en nada de los demás corchos (decía llamarse Sándor G. Hirt, pero ¿qué significa un nombre?; un nombre no significa nada), cayó al agua. Por un rato, como era de esperar, flotó en la superficie. Pero luego sucedió algo extraño. Lentamente comenzó a sumergirse, a hundirse hasta el fondo, y no volvió a aparecer más. No hay explicación.

Un terco error de imprenta

Fe de erratas

En nuestro periódico del día martes dimos cuenta de que la Academia de Ciencias Sueca le otorgó el doctorado honoris causa a un científico húngaro, a quien, muy lamentablemente, mencionamos con el nombre de «doctor Pablopedro Pedro Pablo». Para más agravante, no sólo en el texto, sino también en el titular de la noticia escribimos incorrectamente el nombre Pablopedro Pedro Pablo. El nombre correcto del valioso científico húngaro es: doctor Pablopedro Pedro Pablo.

¡Hasta nuestros más audaces sueños pueden realizarse!

—Querido Feri, ese perro, el tercero, no anda bien.

—Lamentablemente mi látigo es demasiado corto.

—Es más, me parece que hasta cojea un poco.

—¡Cómo no va a cojear, si sólo tiene tres patas!

—Ay, verdad... ¿No le da lástima uncir al carro un animal lisiado?

—Fíjese mejor, Ilonka. Todos mis doce perros tienen tres patas.

—¡Ay, pobrecitos!

—¡Compadézcame más bien a mí, mi querida Ilonka! ¡Tuve que recorrer todas las perreras hasta conseguir doce perros de tres patas!

—Es posible que yo no entienda de esto, pero uno podría pensar que un perro normal podría tirar mejor y con más fuerza.

—Eso no lo discuto. Pero yo soy un habitante de la ciudad, de pura cepa. ¿Qué diablos voy a hacer con doce perros de cuatro patas?

—¿Será posible que les tenga miedo, Feri?

—Yo le tengo miedo hasta a las picaduras de los mosquitos. A las fuerzas de la naturaleza hay que tratarlas con guantes de seda. Imagínese que estos perros fuesen de cuatro patas. Imagínese que enloquecieran por alguna razón. Imagínese que me arrancaran las riendas de las manos... ¡Es mejor ni pensar en eso, mi querida Ilonka!

—De todas maneras, no lo entiendo. Si les tiene miedo a los perros, ¿por qué hace arrastrar su automóvil por ellos?

—Porque no conduzco bien.

—Pero eso se puede aprender.

—Más o menos, mi querida Ilonka... El ser humano y el automóvil no son contrincantes equiparables.

—¡Mire a su alrededor! ¡No se ve ni un solo coche arrastrado por perros!

—¡Es algo bastante lamentable! El ser humano, por desgracia, no es capaz de mantener el paso con los avances de la técnica. Los utiliza, sí, pero en realidad les tiene terror.

—Yo no les tengo miedo a los automóviles.

—Este Simca puede llegar a ciento cincuenta kilómetros por hora...

—No le cause dolor a mi corazón, Feri... ¡Adoro la velocidad!

—Usted es un poco insaciable. Hace diez días que partimos de Budapest y, vea, ya estamos en Siófok.

—Con doce perros, eso ni siquiera es un logro tan notable.

—Claro que no. Sólo que ya desde Pest llevo puesto el freno de mano.

—¿No es usted un poco demasiado prudente?

—Éste es exactamente el ritmo para el cual hemos sido creados.

—¿Ve cuánta gente hay? Y todos nos observan a nosotros.

—Sienten envidia.

—Tienen los ojos completamente desorbitados.

—Porque ven que hasta nuestros más audaces sueños pueden realizarse.

23

Información

Lleva catorce años sentado en el portal, detrás de una ventanilla. Solamente le formulan dos tipos de preguntas:

—¿Dónde quedan las oficinas de Montex?

A lo cual responde:

—En el primer piso a la izquierda.

La segunda pregunta es:

—¿Dónde se encuentra la Procesadora de Desperdicios Resvencijosa?

A lo que él responde así:

—Segundo piso, segunda puerta a la derecha.

Nunca, en catorce años, ha cometido ningún error, cada quien ha recibido la información requerida. Sólo sucedió una vez que una dama se detuvo frente a su ventana y le formuló una de las preguntas de costumbre:

—Dígame por favor, ¿dónde queda Montex?

En este caso, excepcionalmente, su mirada se perdió en la lejanía y dijo:

—Todos venimos de la nada y a la grande y hedionda nada regresaremos.

La dama puso una queja. La queja fue investigada, discutida y luego archivada.

Realmente, no era para tanto.

Muerte efervescente

A las cinco de la tarde comenzó a jadear con suavidad, pero nadie se dio cuenta. La familia estaba entregada a la emoción de los preparativos para recibir a los invitados. Luego el jadeo se hizo más fuerte y después se mezcló en él también un sonido similar al de los estertores. Tampoco ahora le prestó atención nadie, aunque ya los nervios percibían que en la vivienda estaba funcionando una fuente de sonido irregular. Pero dentro de nosotros existe un sistema de señales que todo lo atenúa, para retardar lo que nos desagrada. Desde que nuestros instintos se atrofiaron sólo reaccionamos ante el peligro cuando ya es inminente. Hasta que no llega al cuerpo, no hay ninguna diferencia entre un hueso de cereza recién escupido y la bala disparada por un fusil.

Los estertores se hicieron más frecuentes, y luego se acallaron. Justo entonces, durante ese ominoso silencio, se escuchó un sonido burbujeante, como cuando se revienta una arteria y la boca se llena de la espumosa sangre proveniente de los pulmones. Todos se acercaron corriendo. Mamá Olga colocó lentamente sobre la mesa el frasco de mayonesa y dijo:

—Dios mío.

Márti dijo:

—Yo no tengo la culpa, mamá, créeme.

Mamá Olga dijo:

—Porque nunca prestas atención a lo que haces.

La abuelita intervino:

—No se peleen, porque van a cerrar el almacén.

Realmente, alguien hubiera debido bajar y cambiar la botella de soda. Pero no tenían ánimos para moverse. Se mantuvieron allí, de pie, mirando, puesto que no hay espectáculo más cautivante que el del sufrimiento.

En el interior de la botella el agua seguía efervesciendo: una efervescencia que hacía temblar su cuerpo. Por su boca brotaron burbujas que, al desvanecerse, resbalaron por sus costados. Permaneció mudo, pero es posible que estuviese sufriendo: de ese sistema cerrado no podía escapar sonido alguno. Después de un momento la efervescencia llegó a su fin, el ácido carbónico se disipó, el agua se aclaró y la botella se aquietó. De su interior ya no ascendió ni una sola burbuja. Mamá Olga se inclinó sobre ella y se quedó escuchando, pero ya la botella no dio más señales de vida.

—Dios mío, ¿qué será de nosotros? —preguntó la abuelita.

Nadie le respondió.

Panteón húngaro

—En los periódicos salió que vamos a estar cerrados durante dos semanas —dijo el portero del museo por teléfono—. «Las reliquias de la guerra de Independencia» ya cerró, y para los «Amores de Ferenc Liszt» apenas estamos reuniendo el material ahora.

—¿Qué hago con ellas entonces? Éste es el programa de la tarde.

—Llévelas al de Bellas Artes.

—Allí ya estuvimos. Y, piénselo, son de provincia, son chicas de quince años. Les interesan más los objetos que el más bello cuadro del mundo.

—¿Y con qué clase de brujería voy a crear yo aquí ahora una exposición? —preguntó el portero—. Además, estoy completamente solo.

La voz de la profesora sonó tan desilusionada, que el portero pidió un momento para reflexionar, y luego declaró que para la tarde trataría de reunir algo de material, el cual, por supuesto, sería bastante pobre e improvisado. A falta de catálogo tendrían que conformarse con la guía de él.

En el vestíbulo sólo se hallaba pegado un papelito escrito a máquina: *Exposición Conmemorativa de Sándor Hubauer*.

En la primera sala se hallaba expuesta la bayoneta de Sándor Hubauer padre, con la cual regresó a casa de la primera guerra mundial. Pero en verdad no despertó el interés de las chicas. Al libro de oraciones de la señora de Sándor Hubauer, de soltera María Süle, apenas si le echaron una mirada, aunque el interés de éste consistía en que en todas sus páginas habían anotado recetas de cocina. Pero la siguiente sala de exposiciones, en la cual ya podía verse al propio Sándor Hubauer, a los ocho meses de edad, desnudo como vino al mundo y echado boca abajo, obtuvo gran éxito.

—Ay, qué precioso —suspiró una muchacha, en la que se despertó la futura madre.

Y ahí estaba el balde de peltre, todo desportillado, del pequeño Hubauer, su palita y su carretilla. También uno de sus dientes de leche, su certificado de vacuna contra la viruela y unos pequeños anteojos que habían perdido los vidrios. (Como se sabe, Sándor Hubauer fue miope hasta los quince años, aunque luego se curó.)

—También vosotras, chicas —observó la profesora—, debéis ir regularmente a haceros el examen de la vista.

En la vitrina siguiente se hallaba una manoseada libreta.

—Desde su más temprana juventud Sándor Hubauer anotó hasta el último centavo de cada uno de sus gastos... Y esto de aquí es una máquina de bordar.

Las muchachas la admiraron, a pesar de que sólo era una máquina de bordar de tipo antiguo, de pedales, marca Omag, con una oscilación de ocho milímetros, en la cual su esposa —mientras Hubauer luchaba infructuosamente por realizar sus ambiciosos proyectos— trabajaba desde que amanecía hasta que anochecía... Con ese trabajo mal pagado, el bordado de monogramas de ocho milímetros, pudo procurar con dificultad el pan diario de la familia... ¡Máquina de bordar de bendita memoria! Sin ella, con el menguado sueldo de portero de Hubauer, ¿cómo hubiera podido subsistir una familia de cuatro miembros?

—¿Y de qué índole eran esos proyectos ambiciosos? —se interesó una estudiante despistada.

—De todo tipo —dijo el portero—. Para su mejor comprensión los podemos clasificar en tres grupos: los económicos, los políticos y los de naturaleza científica.

Lamentablemente, debido a la brevedad del tiempo, de esta multiplicidad sólo se logró reunir una pequeña muestra. Los trabajos científicos de Hubauer esperan aún ser objeto de alguna investigación: lo único cierto es que la idea del cohete a la luna (anticipándose en mucho a los rusos) pasó por su cabeza, lo mismo que la utilización de la energía solar. (Había pensado en unas bolsas de estaño de tamaño gigantesco, en las cuales la energía del sol podría almacenarse, algo así como sucede con el calor de las castañas asadas.) En cuanto a los puntos de vista políticos de Hubauer, de ellos apenas si se conservó alguna anotación, y las conversaciones con los amigos en gran medida se hundieron en el olvido.

—¡Qué lástima! ¿Y en qué consistían esos puntos de vista? —preguntó la profesora. Tuvo que llamarles la atención a las chicas, que comenzaron a charlar entre sí.

—Como es de todos sabido, Hubauer fue un valiente luchador por la paz. Una vez, para gran espanto de su esposa, levantó el puño amenazante en dirección a las tropas alemanas que hacían su entrada. Se escapó del ejército y se mantuvo oculto con papeles falsos: el documento expuesto en la vitrina número siete, titulado «Orden general», es también una hábil falsificación; la firma proviene de la señora Hubauer. Su audacia era inaudita; a finales de la guerra, con papeles falsos en el bolsillo, en un restaurante al aire libre que estaba siendo observado por detectives, declaró en voz alta que «¡Los días de Hitler están contados!». De la mesa contigua hasta le echaron una mirada.

—¿Detectives? —preguntó una muchacha.

—Por suerte, eran conocidos. Pero Hubauer era un hombre que hubiera dicho lo mismo aunque lo escucharan otros detectives.

Las chicas se estremecieron de horror. Luego siguieron marchando hasta el próximo exhibidor, en el cual se encontraba una pequeña locomotora de juguete.

—La alcancía combinada «Para tu Patria, Inconmoviblemente» —explicó el portero con una dolorosa sonrisa, que provenía del hecho de que de los audaces proyectos de un espíritu ambicioso sólo perduró un ejercicio de manos como éste, que él mismo consideraba sólo un capricho. ¡Y hasta junto a éste se podía ver la resolución de rechazo de la Oficina de Patentes!

—¿Qué significa «combinada»? —preguntó la profesora.

—Si se tira una moneda adentro, el aparato canta: «Para tu Patria, Inconmoviblemente».

Una chica metió una moneda en la locomotora. Esperaron, pero no oyeron nada.

—No funciona —dijo el portero.

—No importa —explicó la profesora—. Este invento no sólo nos enseña a ser ahorrativos, sino también a tener pensamientos patrióticos.

—¿Y nunca consiguió un protector? —preguntó una muchacha.

—Nunca. Envejeció solitario, incomprendido.

Todas se mantuvieron calladas. Las rozó el soplo de la tragedia nacional.

—¡Y éste es el comandante Gagarin! —señaló el portero una imagen en colores.

—¿Se conocieron?

—Lamentablemente, no.

—¿Por culpa de quién?

—El encuentro no tuvo lugar —dijo el portero, elusivo. Ya sólo faltaba una vitrina.

—Éste es el billete semanal para trabajadores, que usaba en el transporte. Sándor Hubauer vivía modestamente, retirado, no pedía nada ni esperó privilegios. Su desayuno consistía en medio litro de leche, cien gramos de mortadela y pan.

Caminaron alrededor de la leche, la mortadela y el pan. A algunas se les llenaron los ojos de lágrimas.

Se despidieron, se pusieron en fila y salieron. Una semana después tuvieron que escribir una composición titulada «¿Qué vi en la excursión de estudios a Budapest?». Pero en realidad a las jóvenes sólo les entusiasman las cosas vistosas. Escribieron páginas enteras sobre la iglesia de Matías, sobre el cafetín de autoservicio, sobre la bandera nacional... Acerca de la exposición conmemorativa de Sándor Hubauer casi nada. Así son los jóvenes de hoy.

Pero no importa. Alguna vez será. Dentro de veinte o treinta años. O dentro de cuarenta. ¡Entonces se acordarán de Hubauer!

In memoriam doctor K. H. G.

—*Hölderlin ist Ihnen unbekannt?*[1] —preguntó el doctor K. H. G., mientras cavaba la fosa para el caballo muerto.

—¿Quién era ése? —preguntó el guardia alemán.

—El que escribió *Hiperión* —explicó el doctor K. H. G. Le gustaba mucho explicar—. La figura más importante del romanticismo alemán. ¿Y Heine, por ejemplo?

—¿Quiénes son esos? —preguntó el guardia.

—Poetas —dijo el doctor K. H. G.—. ¿Tampoco conoce el nombre de Schiller?

—Sí, lo conozco —dijo el guardia alemán.

—¿Y el de Rilke?

—También —dijo el guardia alemán, y de un tiro mató al doctor K. H. G.

---

1. ¿No conoce usted a Hölderlin? (*N. de la T.*)

RETRATOS

¿Qué se dice por el altavoz?

Las cuatro paredes del vestuario están por completo cubiertas de armarios, desde el suelo hasta el techo. Todos funcionan con la misma llave. El encargado del vestuario va y viene con la llave en la mano: cierra la puerta tras de alguien que ya se ha puesto su bañador, y la abre cuando alguien desea vestirse. Lleva treinta y cinco años yendo y viniendo entre estos armarios y hasta con los ojos cerrados puede encontrar cualquiera de ellos. A veces casi no hay usuarios. Entonces se sienta, descansa y escucha el programa de radio que se transmite por los altavoces. En otras oportunidades, inesperadamente, se juntan los recién llegados y los que se aprestan a marcharse a sus casas. Eso él lo denomina aglomeración. Entonces casi no se da abasto con el trabajo. Pero descontando estas aglomeraciones, el oficio de encargado de vestuario no reserva sorpresas para el que lo ejerce. Es un trabajo sencillo, cómodo, aunque difícil. Esa clase de trabajo difícil para el cual no necesariamente se precisa pertenecer al género humano.

—Hubo una buena aglomeración aquí hace un momento —señala.

—Lo estuve observando, señor Schuller. Prácticamente no dejó a nadie esperando.

—Es cuestión de experiencia, puedo afirmarlo. Aunque hay algunos encargados de vestuario de mi misma edad que en un jaleo como este pierden la cabeza.

—¿Quiere decir que la experiencia no lo es todo?

—En algunos casos no. En mi opinión, para ser encargado de vestuario hace falta una cierta aptitud.

—Eso usted lo sabe mejor que yo, señor Schuller. —Es más, si me permite, puedo afirmar que no basta ni siquiera con la aptitud. Para que uno no pierda la cabeza ni en las mayores aglomeraciones, hacen falta aptitudes muy particulares.

—¿A qué aptitudes se refiere, señor Schuller?

—Presencia de ánimo, voz recia, actitud enérgica, violenta si hace falta... Claro, para intervenciones así de audaces sólo raras veces se presentan las ocasiones.

—Espero, señor Schuller, que ya usted haya tenido alguna oportunidad semejante.

—Solamente una vez hubo aquí una aglomeración tan grande, que si no soy yo el que se encuentra de guardia, los clientes se hubieran pisoteado los unos a los otros.

—¿Y cuándo fue eso?

—Cuando por los altavoces transmitieron la declaración de guerra. Para más agravante, el sol resplandecía, era un día precioso, y la piscina estaba repleta.

Por la ventana del vestuario entra la luz del sol. También hoy el tiempo está precioso, y la piscina repleta, y también hoy suena el altavoz y va diciendo noticias.

El señor Schuller se acerca a la ventana. Escucha con atención. Lo miro interrogante.

—Nada —hace un gesto con la mano—. En algún lugar, allá en Bengalia.

Cliente fija

—Discúlpeme, mi querida señora, pero hoy no le puedo leer el menú, vea alrededor, es la hora punta, y cuando sucede, no sé ni dónde tengo la cabeza. Pero, ya que por casualidad se han sentado a la misma mesa, quizás podríamos pedirle al joven caballero, mientras le traigo los filetes a la vienesa, que le lea a la abuela el menú, con excepción de las sopas, porque ésas no le interesan.

—Por supuesto. Pescados. Hay carpa rebozada. Carpa a la parrilla, con ensalada de patatas.

—Le confieso que no soy amiga de los pescados, aunque se dice que en este sitio no compran carpas de lago, sino de río. Todo el mundo habla bien de la cocina de este lugar. Yo lo único que no soporto es que escriban el menú a mano.

—¿Entonces no continúo con los pescados?

—No me entiende. Yo no tengo nada en contra de los pescados, sino de los menús escritos a mano, porque me cuesta leerlos, más aún aquí, donde usan un papel carbón de mala calidad, y la escritura se ve toda borrosa.

—Hay dos tipos de cazuela de pescado. Con espinas y sin espinas. ¿Le pido alguna de ellas?

—¿Qué le ocurre? ¿Y por qué grita? Detesto los gritos.

—Creía que tampoco el oído de la abuelita andaba bien. Entonces voy con las carnes. Guisado con pimienta. Croquetas con guisantes frescos.

—No tengo ningún problema con los oídos. Y ver también veo bastante bien, sólo que no puedo descifrar los menús escritos a mano. Pero mi jubilación no alcanza para comprar ropa elegante, y en los restaurantes de más categoría, donde escriben los menús a máquina, no ven con buenos ojos a los clientes de trajes raídos, como yo.

—Filete de res con salsa. ¿Le digo los precios también? Doce con veinte.

—No me interesan los precios, aunque tuve que hipotecar la mitad de mi jubilación por cinco meses, una vez que me di un golpe tan fuerte en la rodilla, con la gaveta de la mesilla, que se me inflamaron tres cartílagos. La mujer que me dio el préstamo ahora me ha demandado.

—Todavía faltan un montón de platos de carne, así nunca vamos a terminar.

—Fíjese a ver si tienen medallones, porque hace semanas que no aparecen en el menú, pero no sólo aquí, sino en el barrio entero.

—Pues bien, ahora sí hay. Medallones con patatas cocidas. ¿Se los pido?

—¡No, de ninguna manera! Por lo demás, no quisiera que malinterpretara lo que dije hace un momento de los restaurantes de más categoría. Yo no deseo ir a ninguno de ellos, ya que en estos lugares modestos preparan las comidas con mucha más fantasía. Aquí suele haber incluso lomo con salsa de hongos.

—Ahora también hay. ¿Le pido eso?

—Ay, no, qué va. Por suerte conseguí una buena cooperativa de abogados, y ahí me explicaron que ni las jubilaciones ni las pensiones pueden ser embargadas.

—Bueno, ¿quiere que lea o no? Pulmones agrios con pasta. Tuétano de riñón. Espinacas con huevos fritos.

—Yo sólo quisiera saber por qué en todas partes las espinacas con huevos fritos aparecen junto a las carnes. Pero veo que ya está impaciente. Léame todavía los postres, los quesos no me interesan.

—Tarta de manzana. Dulce de manzana. Había también pastel de hojaldre tirolés, pero ya se acabó.

—Le agradezco su amabilidad. Hoy en día todos hablan mal de los jóvenes, dicen que son indiferentes o insensibles, pero yo sólo he notado que casi todos son impacientes. Usted también, joven, leyó muy deliciosamente, pero de todas maneras se podía sentir que también usted está apurado... Muchas gracias de nuevo. Hasta la vista.

—¿Se marcha?... Mire, señorita, se fue la abuela, aunque le leí el menú completo.

—¿Los quesos también?

—No, los quesos no.

—Suelo mencionar que no sólo las sopas, sino que los quesos tampoco hay que leérselos, pero ella siempre llega a la hora punta, cuando ni sé dónde tengo la cabeza... Aquí tiene sus filetes a la vienesa.

Sin perdón

Les di veinte forints a los dos enfermeros que lo colocaron en la camilla y lo bajaron a la ambulancia. También en la clínica di veinte a cada una de las enfermeras, a la diurna y a la de la noche, y les pedí que lo cuidaran. Dijeron que no me preocupara, que ellas cada media hora se iban a asomar a verlo, aunque por suerte el paciente no estaba inconsciente. Al día siguiente era domingo, así que pude ir a visitarlo. Seguía estando consciente, pero ya casi no hablaba. Del paciente de la otra cama me enteré que las enfermeras no aparecieron ni una sola vez, lo cual no era de extrañar, porque entre las dos tenían que atender a ciento setenta enfermos. Los médicos tampoco lo habían examinado: dijeron que el lunes lo revisarían en detalle. Eso siempre es así, dijo el vecino, cuando el enfermo ingresa el sábado al mediodía.

Salí al pasillo y busqué una enfermera, pero no encontré a ninguna de las del día anterior. Después de mucho buscar, logré dar con la que estaba de guardia. También le di veinte forints, y le pedí que le echara una mirada de vez en cuando a mi padre. Hubiera querido encontrarme también con el médico. Todavía en casa había metido un billete de cien forints en un sobre, pero la enfermera me dijo que al médico lo habían llamado para una transfusión a la sala de las mujeres. Que podía confiar en ella, hablaría con él. Regresé a la sala de los enfermos, donde el vecino me tranquilizó diciendo que seguramente el médico de guardia no tendría tiempo de examinar a los enfermos, así que era mejor que no le hubiese podido entregar el dinero. De todas maneras sólo al día siguiente vendrían los especialistas, ellos ya tendrían tiempo de ocuparse de él.

—¿Necesitas algo? —pregunté.

—Gracias, no necesito nada.

—Te traje algunas manzanas.

—Gracias, no tengo hambre.

Me quedé sentado una hora más junto a su cama. Hubiera querido conversar con él, pero ya no había de qué. Un rato después le pregunté si le dolía algo. Dijo que no. De manera que tampoco le pude hacer más preguntas en cuanto a eso. Estuvimos callados todo el tiempo. La relación entre nosotros era púdica y reservada, hablábamos sólo de hechos. Pero los hechos que ayer todavía hubiéramos podido mencionar, para hoy perdieron importancia y se convirtieron en nada. De sentimientos nunca intercambiamos palabras.

—Entonces me voy —le dije después.

—Anda, hijo —contestó.

—Mañana vendré y hablaré con el médico.

—Gracias —dijo.

—El especialista sólo viene por la mañana.

—No es tan urgente —dijo, y su mirada me acompañó hasta la puerta.

A las siete de la mañana me llamaron para decirme que había muerto durante la noche. Cuando entré a la 217 en la cama ya había otro en su lugar. Su vecino me tranquilizó, diciendo que no sufrió nada, sólo suspiró levemente y ese fue el final. Sospeché que quizás el vecino no decía la verdad, porque se me ocurrió que en su lugar yo también hubiera dicho lo mismo, pero luego intenté convencerme de que no me había engañado y que de verdad mi padre había muerto sin sufrir.

Tuve que cumplir muchas formalidades. En la oficina de admisión se me acercó una enfermera, pero no era ninguna de las del sábado, ni tampoco la que estaba de guardia ayer, sino una que no había visto hasta entonces, la cual me entregó el reloj de oro de mi padre, sus lentes, su billetera, su encendedor y la bolsa con las manzanas. Le di veinte forints y seguí dictando los datos. Luego se me acercó un hombre con gorra de cuero y se ofreció para lavar, afeitar

41

y vestir el cuerpo. Fue él quien lo dijo así, el «cuerpo», con lo cual seguramente quiso hacer sentir que, aunque la persona en cuestión ya no vivía, no sería totalmente un cadáver hasta que no fuese lavado y vestido.

Aún tenía conmigo los cien forints metidos en el sobre. Se los entregué. Rasgó el sobre, miró adentro y luego, con un gesto rápido, se quitó la gorra y ya no se la volvió a poner más en mi presencia. Dijo que iba a arreglar todo muy bonito, que mandase un traje y ropa interior limpia, que con toda seguridad yo iba a quedar conforme. Le respondí que por la tarde vendría con la ropa interior y con un traje oscuro, pero que ahora quería ir a verlo.

—¿Quiere ver el cuerpo? —me preguntó, asombrado.

—Quiero verlo —dije.

—Sería mejor después —me aconsejó.

—Quiero verlo ahora —dije—. No pude estar a su lado cuando murió.

A regañadientes me condujo al depósito de cadáveres, que estaba en un edificio aparte, en el centro del parque de la clínica. El sótano estaba iluminado con una bombilla muy fuerte y había que bajar por unas escaleras de piedra. Ahí, sobre el asfalto, al pie de las escaleras, estaba tendido boca arriba mi padre. Sus piernas abiertas, los brazos también, tal como pintan en los cuadros a los héroes muertos. Pero él no tenía ropa y de una de sus fosas nasales sobresalía un pedacito de algodón y había otro pegado a su muslo izquierdo. Seguramente ahí había recibido la última inyección.

—Ahora todavía no se puede ver nada —dijo el de la gorra de cuero, como justificándose. Se mantuvo a mi lado, ahí en el helado sótano, con la cabeza descubierta—. Pero tendrá que verlo cómo va a quedar cuando lo vista.

No dije nada.

—¿Pasó mucho tiempo enfermo? —preguntó después.

—Mucho —dije.

—Estoy pensando —dijo— en que le voy a cortar un poco el cabello. Eso contribuye bastante.

—Como quiera —dije.

—¿Se peinaba con la raya al lado?

—Sí —dije.

Se calló. También yo me mantuve callado. Ya no podía decir nada, ni podía hacer nada, ni podía dar dinero a nadie más. No podía remediar nada, ni siquiera mandándome enterrar vivo a su lado.

Un lector escrupuloso

—Quisiera hablar con Mihály Szlávik.

—Ahora no lo puedo comunicar, pero le advierto que si se trata de un choque, sólo podemos aceptar el coche el próximo mes.

—Él fue quien me llamó.

—¿Por qué no me dijo que eran conocidos? ¿Qué problema tiene ese auto?

—No se trata de un choque. Acabo de llegar a casa y en un papelito encontré anotado el nombre de Mihály Szlávik y su teléfono.

—Entonces llame dentro de veinte minutos, porque todos los del taller están almorzando.

—Quisiera hablar con Mihály Szlávik.

—Ahora mismo lo llamo.

—Aquí Mihály Szlávik.

—¿Usted es el que me dejó su número telefónico?

—Me tomé ese atrevimiento, porque quería preguntarle algo.

—Dígame.

—Usted es el que tradujo la novela de Truman Capote, ¿verdad?

—Traduje *Otras voces, otros ámbitos*.[1] ¿La leyó?

—La leí, y me gustó mucho, pero tengo una observación. Me gustaría saber por qué en esa novela los negros hablan diferente a las otras personas.

—¿Hablan diferente?

---

1. La novela en cuestión fue realmente traducida al húngaro por István Örkény. *(N. de la T.)*

—Hablan como si fueran extranjeros. Sólo quisiera entender claramente el asunto, por eso pregunto.

—Lo recuerdo vagamente. Mire, yo traduje ese libro hace tres años, así que el asunto ya se me borró un poco de la cabeza, pero me acuerdo por ejemplo de una criadita negra, que tiene un corte en el cuello. ¿Se refiere a ella?

—También a ella.

—Entonces puede quedarse tranquilo, se lo aseguro. Me acuerdo muy claramente de que esa muchacha también en el texto original hablaba el inglés chapurreado.

—¿Qué es eso de chapurreado?

—Chapurreado es chapurreado. ¿O no?

—No del todo. Hablamos chapurreado un idioma extranjero, que no conocemos bien. Pero su lengua materna también la puede hablar chapurreado alguien, por ejemplo si es inculto o carece de educación o es una persona con limitaciones. Pero se trata de dos asuntos diferentes.

—¿Cómo habla por ejemplo esa muchacha negra?

—Habla como una extranjera que no conoce bien el inglés. Esto es lo que me llamó la atención, y por eso me tomé la libertad de llamarlo. Porque los negros viven allí en Estados Unidos, y todos hablan en inglés a su alrededor, entonces su lengua materna es el inglés.

—Yo me he encontrado con algunos gitanos que viven aquí en Hungría y sin embargo hablan el húngaro tan chapurreado como un extranjero.

—Eso así suena muy bonito, pero no demuestra nada. Porque los gitanos tienen su propia lengua, pero los negros no.

—En eso, reconozco, tiene usted la razón. No sé ni qué decir. Quisiera que me creyera cuando le digo que soy un traductor concienzudo, se puede decir que quisquilloso. Y, sin duda alguna puedo asegurarle que esa muchacha también en el texto original habla el inglés con errores. Y, además, los correctores revisan palabra por palabra la traducción...

—También los correctores pueden equivocarse. ¡Vea usted a Huck Finn! Si no recuerdo mal, la tradujo Karinthy.[1] En todo caso, en *Huckleberry Finn* el negro habla como un hombre primitivo y analfabeto, pero no como un extranjero, en un inglés defectuoso. ¿O esto desde el punto de vista de la traducción es irrelevante?

—No es irrelevante, pero *Huckleberry Finn* no la traduje yo. Además, esa novela tiene ya más de cien años.

—Discúlpeme, pero esto sólo confirma que yo tengo razón. Cien años después los negros pueden hablar ya mejor el inglés, y no peor.

—Creo que también en esto tiene usted razón.

—Espero no haberlo ofendido.

—De ninguna manera. Lo que dijo me ha puesto a pensar.

—Lamentablemente no sé inglés, así que no puedo revisar el original, pero me han molestado un poco al oído estos diálogos. Sólo lo llamé porque me gusta entender bien todo.

—Hizo muy bien en llamarme.

—Ahora tengo que terminar la conversación, porque el jefe del garaje está haciéndome señas por el vidrio.

—Hasta luego.

—Que le vaya bien.

---

1. Frigyes Karinthy fue un importante escritor y humorista húngaro. *(N. de la T.)*

Canción

El compositor de canciones se llamaba Jenö Janász. Quedamos juntos después de que los rusos rompieron el frente. Al grupo de él lo habían destruido a cañonazos, y yo había perdido mi unidad cerca de Nikolaievka. Hicimos casi trescientos kilómetros juntos, a veces pidiendo subir a algún vehículo, otras, la mayor parte del tiempo, a pie, en la nieve, sobre el hielo, siempre bajo el fuego enemigo, hasta que cerca de Bielogorod lo dejó tendido una breve ráfaga.

Hasta ese momento yo no había tenido ni la más mínima idea de cómo se compone una canción. ¿Quién hubiera imaginado que podía hacerse con tanta facilidad? La canción brotaba de Janász, surgía, venía como un arroyo que nace de la tierra. Todo lo que veía y oía al instante se le convertía en canción, con texto, rimas y melodías. Sólo había que buscarle un título.

En canción popular se transformó el bidón que contenía extracto de fruta, que logramos sacar de las ruinas de un almacén destruido. También vimos un puente que los partisanos hicieron explotar justo delante de nuestras narices. Mientras con dificultad cruzábamos a través del hielo acumulado debajo de los restos del puente, Jenö Janász había comenzado ya a cantar:

El puente de madera se ha carcomido,
Sólo Dios sabe cómo estoy de dolido.
¿Cómo llegaré ahora hasta mi Anita?
¿Cómo atravesaré este río de muerte?

Lo acosé a preguntas para que me explicara cómo lo hacía. Me dijo que no lo sabía. Lo interrogué también sobre la cantidad de canciones que llevaba compuestas. Tampoco eso lo sabía. Quizás tres mil, aunque también podía ser que cuatro mil. Ya se veía Bielogorod, cuando lentamente comenzó a nevar. Bajé las orejeras de mi gorra, pero aún así escuché a Janász canturrear:

La nieve va cayendo en lentos copos,
Y suenan las campanas del trineo ruso.
Vuelan, vuelan, los copitos de nieve...

Se oyeron cinco disparos rápidos. Llegó a su fin Janász y quedó la canción inconclusa. A veces me acuerdo. Intento completarla. Me rompo la cabeza buscando la rima para copitos de nieve. Pero en vano. Todos sabemos hacer algo, y eso nadie es capaz de hacerlo igual que nosotros. Así es.

Cuadros de época

Dos cúpulas en forma de cebolla
en el paisaje de invierno

En realidad toda la gente de Davidovka tenía que haber salido, no sólo el batallón nuestro, sino también la población civil. Pero eso no se logró. De entre los nuestros[1] sólo salieron unos cuantos cobardes aduladores, los enfermos menos graves, los oficinistas y los encargados de los depósitos, es decir, solamente aquellos que tenían algo que perder, en total, cuarenta o cincuenta, más o menos. Los rusos ni siquiera llegaban a esa cifra. Aquellos que el sargento de guardia pudo sacar de sus casas estuvieron dando vueltas un rato en la plaza, pero apenas tuvieron una oportunidad, regresaron a sus hogares. Llamaba aún más la atención la ausencia del mayor Holló, el jefe del batallón. Hasta ahora había hecho acto de presencia en todas las ejecuciones y cuidaba mucho de que se cumplieran por completo las formalidades. Esta vez salió un momento de la sede de la comandancia y recorrió con la vista la plaza de la iglesia, pero, diciendo que hacía mucho frío, regresó de inmediato y no se dejó ver más. De manera que el sector oficial sólo estuvo representado por el médico y el sargento de guardia, aparte de un chofer alemán y un ordenanza, este último con una Leica al cuello. Eran ellos los que habían traído a la condenada a Davidovka, porque era aquí donde la sentencia del consejo de guerra alemán tenía que ejecutarse. Y, por supuesto, estaba también Ecetes, el batidor, el cual, a cambio de tres litros de ron, estaba dispuesto a ahorcar a la mujer.

Ya Ecetes había despachado su primer litro y no se mantenía muy seguro sobre las piernas.

---

1. Durante la segunda guerra mundial, Hungría se alió con Alemania y participó en la invasión de la Unión Soviética. (*N. de la T.*)

La mujer esperaba bajo el árbol, inmóvil, como si sus pies se hubieran congelado y estuvieran fundidos con la tierra. No había lágrimas en sus ojos. Hasta ahora habíamos notado que eran los viejos los que morían con más facilidad. Estaban aterrados, sí, como si no entendieran lo que les estaba pasando, pero no suplicaban, ni lloraban, ni gritaban. Pero esta mujer era todavía joven, de buena presencia, bastante bien vestida, y sin embargo no pronunciaba ni una sola palabra de queja. Se mantenía de pie y miraba con ojos ardientes a una niña que se había deslizado debajo del camión, para atisbar desde allí. Debía de tener cuatro o cinco años. Estaba sucia y flaca, pero también ella llevaba ropas bastante buenas. Un pequeño chaleco de piel, pantalones acolchados, gruesas medias de lana y botines de goma. Cuando anudaron la cuerda alrededor del cuello de la joven mujer, la niña se rió con una risa sonora, como si le estuvieran haciendo cosquillas allá debajo del camión.

Más tarde el médico del batallón dictaminó que la muerte se había producido. Empezó a soplar un viento frío y el cuerpo de la mujer comenzó a columpiarse suavemente. La chiquilla salió de debajo del camión. Por un rato siguió con la mirada el movimiento de balanceo, pero luego, como quien se ha divertido mucho pero empieza ya a cansarse de la broma, gritó en dirección al árbol:

—¡Mamá!

Entonces ya no quedaba ni un solo ruso delante de la iglesia y de entre los nuestros tampoco estaban sino el batidor Márton Ecetes, el sargento de guardia Elek Bíró, el doctor Tibor Friedrich y un cabo de nombre István Koszta, que en la vida civil era el mozo que atendía el sifón de la cerveza del hotel Toro de Oro, el cual había solicitado ya repetidas veces, a causa de sus furúnculos, ser transferido a un hospital de la retaguardia. También ahora estaba de pie de manera que el médico pudiese notar las inflamaciones que enrojecían su cuello. Pero el doctor Friedrich se volvió y miró la lente de la Leica. El ordenanza alemán le hizo una seña a la niña para que se saliera del campo de la imagen, pero ella no se movió. Con ojos muy abiertos y resplandecientes miró a la Leica. Quizás nunca había visto una cámara fotográfica.

Perpetuum mobile

Auspitz contaba que allá en nuestra tierra había sido ayudante de panadería en la calle de la señora de Pál Veress. Y contaba que por las mañanas devoraba, así, de debajo del brazo, un pan entero de un kilo. Entonces pesaba noventa y dos kilos.

—¿Qué crees, cuánto peso ahora?

No lo podíamos saber. El hecho es que ya no iba ni a hacer sus necesidades, lo que es una mala señal, y sólo tomaba agua, lo cual es peor signo todavía. Todo el tiempo estaba tomando agua. Ni siquiera tenía sed, sólo bebía como si fuera un sumidero. Tampoco significaba nada bueno el que su ropa se hubiese plagado de liendres. Los piojos sólo pueden mantenerse a raya si uno los está matando todo el tiempo; si no, se reproducen y llenan con sus huevos las costuras de la ropa, sobre todo en las partes más calientes del cuerpo. La axila de Auspitz se veía casi gris a causa de las liendres. No le dijimos nada. Cuando se está así, las palabras ya no ayudan.

Una noche me desperté al sentir que daba muchas vueltas. Le pregunté:

—Dime, ¿qué haces, Auspitz?

Me dijo:

—Como.

Le pregunté:

—¿Qué comes, Auspitz?

Me dijo:

—Pues te diré: como liendres.

Encendí un fósforo, pero enseguida lo apagué. Ya el frente esta-

53

ba muy cerca; hasta fumar estaba prohibido de noche. Sólo llegué a ver que su expresión era tranquila, casi satisfecha. Le dije:

—No digas locuras, Auspitz.

—¿Quieres que espere hasta que me chupen toda la sangre? —me preguntó.

Máximo hay que aguantar todavía dos semanas, me explicó. Por lo tanto, si él se come los piojos, entonces será un juego de niños aguantar esas dos semanas, porque nada se desperdicia. Cada gota de sangre que se chupen retornará a su organismo, o sea que ni se debilitará ni se fortalecerá.

—Entonces tú has descubierto el movimiento perpetuo —le dije. Él no sabía qué era eso. Le dije que era aquello que no necesitaba energía.

Tampoco entendió eso. Mientras comía las liendres, le expliqué lo del movimiento perpetuo. Después nos quedamos dormidos. Por la mañana traté de despertarlo, pero ya la vida había huido de él.

Dedicatorias de un escritor húngaro[1]

Acaba de inaugurarse, en el número 7 de la calle Tá. Dé. Vé, el Museo Conmemorativo del gran escritor Tá. Dé. Vé. Recorremos las amplias salas y nos deleitamos con la colección de plumas, cafeteras y carnets de partido dejados tras de sí por este gran representante del realismo. En las vitrinas se pueden ver también los libros dedicados a sus amigos y a sus amores. A continuación publicamos las más bellas de estas dedicatorias:

1.
   A Mamá y a Papá
   de su fiel hijo.

2.
   A Ella.

3.
   A Bella.

4.
   A Karolina.

5.
   A Lina.

1. El cuento remite a todos los cambios políticos y sociales que se produjeron en Hungría durante gran parte del siglo XX. (N. de la T.)

6.

A Cuchi.

7.

A Puchi.

8.

Al Consejero Ministerial Kristóf Hamara, con el patriótico
homenaje de Tá. Dé. Vé.

9.

Para Móricz Blumfeld, de Bistorbágy, el gran humanista, director de la Empresa Primera de Caucho Hungaria, generoso mecenas
de los escritores.

Tá. Deutsch Vé.

10.

Para la señora de Kristóf Hamara, patrona de la Misión de Rode-
sia Central, esperando la salvación,

Tá. Dé. Vé.

11.

Para Kornel Ostorovics, el excelente crítico, autor del ensayo *La
prosa de Goebbels*,

Tá. Dé. Vé.

12.

Para Etel Gró,

su admirador Tá. Dé. Vé.

Para Etel

Tá.

Para Etus, con ardientes ideas,

Decito-Vecito.

¡Conejita! ¡No vuelvas a morder!
Conejo.
(lo anterior fue borrado, y en su lugar aparece, escrito con tinta:)

13.
Para el doctor Aladár Berény, por el genial juicio de divorcio.

14.
Al general de brigada Tivadar Trenka, comandante de división. Desde aquí lejos, con mi grave úlcera del intestino grueso, saludo al cuerpo de oficiales, suboficiales, cabos y soldados de la división que golpea las puertas de Moscú.
Tá. Dé. Vé., sargento honorario.

15.
Para la camarada señora de Kristóf Hamara,
Comité de Acreditación, Distrito VI.
¡Amistad! Tá. Dé. Vé.

16.
Para Kornél Ostorovits, autor de *Los signos de la desviación en las obras juveniles de Kautsky*.

17.
Para el tío Móric Blumfeld (Zoológico)
por los bellos cachorros de sabueso — Tá. Dé. Vé.

18.
Para Kristóf Hamara
Milicias Húngaras del Canadá
¡Salvación! Tá. Dé. Vé.

19.
Para la señora de Kristóf Hamara
Baño Metropolitano para Perros

En nombre de mi sabueso, Tá. Dé. Vé.

20.
Para Kornél Ostorovits
el valiente autor de *El uso incorrecto de algunos adverbios en la prosa de Stalin*.

21.
¡Mi Conejita, tú eres la verdadera! ¿Puedes perdonar a Conejo?

22.
Al doctor Pedro Pérez, el gran urólogo, su agradecido paciente.

23.
Al doctor Pablo Pérez, el gran cardiólogo, su agradecido paciente.

24.
Para Kornél Ostorovits.

Le dedico el libro póstumo de mi esposo, por haber expresado en sus palabras de despedida, de una forma tan hermosa, el carácter indoblegable que tuvo y las amargas persecuciones derivadas de ello.

Señora de Tá. Dé. Vé., de soltera Etel Gró.

(La colección arriba reseñada no está ni remotamente completa. Todavía se ocultan numerosas dedicatorias de Tá. Dé. Vé. en bibliotecas y en manos de particulares. Exhorto al lector, en caso de que tenga conocimiento de alguno, a notificarlo al Museo Conmemorativo Tá. Dé. Vé.)

En el camerino[1]

—Todos bien —dijo en un húngaro chapurreado el tenor—. No sólo son bien, sino directamente muy bien. Y envían mucho saludo, y envían besito.

—Ay, gracias a Dios —dijo el abuelo.[2]

—Ay, gracias a Dios —dijo la abuela.

—¿Y mi Annuska? ¿No está muy flaca?

—No muy flaca, no muy gorda —dijo el tenor—, sino justo bien.

—¿Y está bien de salud? —preguntó la abuela.

—Mucha salud —dijo el tenor.

—Sólo que cuando me visitó le dolía un poco la cabeza, porque vinieron de Génova a Milán, y viajaron toda la noche. ¿O trasnoche?

—Mi pobrecilla —suspiró el abuelo—. Se dice noche.

—¿No trasnoche? —preguntó el tenor.

—No —dijo el abuelo—. Eso es algo completamente diferente.

—No corrijas al señor artista —dijo la abuela—. ¿Y a mi estrellita? ¿También a ella la vio?

—No sólo vi, sino directamente la vi muy bien —dijo el tenor, mientras la ayudante le colocaba el almidonado cuello de encaje—. Su querida muchacha puso a la bebé sobre mi mesa, abrió su mantilla, y me pidió que pellizcara bien su carnecita.

—¿Y la pellizcó? —preguntó la abuela.

—Muy mucho —contestó el tenor.

1. En Hungría se produjeron diversas oleadas de emigración en distintos momentos del siglo XX; muchos que volvían al país de visita presumían de no saber hablar ya el húngaro. (N. de la T.)
2. Gran cantidad de ancianos se quedaron solos, debido a la emigración de los jóvenes. (N. de la T.)

—¿Dónde? —preguntó la abuela.

—En su muslito.

—¿Y en otra parte no? —preguntó la abuela.

—Y también en su bracito.

—¿Y en dónde más? —preguntó la abuela.

—En su pequeño traserito.

—Santo Dios de mi alma —suspiró la abuela, y su mirada se perdió en la lejanía.

El abuelo comenzó a toser bajito y se dedicó a observar el suelo. La asistente ciñó el sable a la cintura del tenor y le colocó también dos pistolas.

—Y luego ¿qué pasó? —preguntó la abuela.

El tenor se quedó pensativo.

—Luego, querida hija, envolvió a la bebé y regresó a Génova. ¿Digo hija, o digo su hija?

—Hay que decir: su hija —dijo el abuelo.

—¿No hija?

—No —dijo el abuelo—. Así no.

—Deja de corregir al señor artista —dijo la abuela—. Más bien dale las gracias por ser tan bueno con nosotros.

—Yo hoy en día todavía me siento húngaro —dijo el tenor—. Sólo que he olvidado un poco el idioma.

—Se le oye hablar muy bien el húngaro —dijo la abuela—. Ya sólo dígame cómo es mi estrellita.

El tenor se quedó pensativo. La asistente ya tenía la peluca en la mano y esperaba. La abuela también esperaba, y el abuelo esperaba a su vez. El tenor siguió pensando.

—Bella —dijo finalmente.

—¿Y cómo son sus ojos?

—También bellos.

—¿Y cómo es su cabello?

—Bello también.

—¿Y cómo es su carita?

—Bella —dijo el tenor—. También bella.

—Mi santo Dios del alma —suspiró la abuela, y de nuevo su mirada se perdió en la lejanía.

Sonó el timbre. El tenor se encasquetó la peluca rubia, se despidió de sus visitantes, y haciendo sonar con brío su sable y sus espuelas, salió a toda prisa del camerino. La abuela lo siguió un momento, como si quisiera preguntarle aún alguna otra cosa, pero luego regresó donde su esposo, que estaba contemplando el suelo, tosiendo.

Estampa de época

La tía B. tiene ya más de sesenta años. Su hijo y su nuera hace diez años que se fueron a Canadá; apenas si escriben y sólo dos veces han enviado algún paquete.

Sus vestidos están raídos y han pasado de moda, y ella misma se ha convertido en una gorda carente de formas. Sin embargo, todas las tardes se embellece y, con una estola de zorro azul que ya ha perdido el pelo, y con torcidos botines de cordones, se pasea durante media hora delante del hotel más elegante de la ciudad.

Apenas sale un hombre extranjero solitario, le sonríe, y en voz bastante alta —porque por más que sea no se atreve a acercarse a la puerta— le grita:

—*Nur drei Dollar!*

Su caminar meneándose y su griterío causan un efecto molesto frente a la puerta del hotel elegante, pero los individuos a quienes les competería el asunto —el portero, algún policía o los transeúntes— no se atreven a llamarle la atención.

Creen que se trata de alguna institución pública.

Prueba de carácter

Me bajé del coche cerca del pozo, porque desde allí ya sólo me separaban unos cien pasos de la puerta de la fábrica. La fábrica estaba rodeada de montañas, en las cuales había viñedos, bosques y desmontes; en los desmontes había cables de alta tensión. Las fábricas de provincia son cuidadas por perros, como los sembrados de patatas. Al verme, el perro se enfureció de inmediato y salió a toda velocidad de la cabina del portero, echando espuma por la boca, mostrando los dientes y aullando. A mitad de camino se detuvo y, ladeando la cabeza, escogió el lugar adecuado para morderme.

A mí me mordió ya una vez un perro puli;[1] para más agravante, el puli de un amigo, un perro de pura raza. Me detuve y sopesé el asunto de cómo mordería un puli extraño, un engendro mezclado y bastardo, en el cual sólo la mitad más pequeña es puli: la más grande es sed de sangre, resentimiento, perfidia y manía persecutoria. Lo miré y retrocedí.

Me volví a subir al coche. Cuando me bajé, el puli se acercó. Venía moviendo la cola y con las rodillas vacilantes. Me miró con adoración. Había visto que tenía coche. Me tendió la cabeza para que se la rascase.

Le rasqué las orejas.

«Corrupto miserable», pensé.

«Corrupto miserable», pensó el puli.

---

1. Perro de raza propio de Hungría. (N. de la T.)

63

Un solo cuarto, pared de adobe, techo de paja

La yaya se encontraba sentada en el borde de la cama. Su cara estaba marcada por incisiones, arrugas, surcos y agujeros; sólo su dentadura brillaba de un modo juvenil. Treinta y dos bellos dientes provenientes del Seguro Social de Eger, completamente nuevos. La señora de Kászony, Hanna Kakas, le sonrió amistosamente y le puso delante el micrófono. Le dijo:

—Cuente sin miedo, querida abuela. Ni más alto ni más bajo, sino así, como hasta ahora. Este aparato sirve para conservar todas esas bellas historias antiguas que la querida abuela suele contar.

—No hay que explicarle —dijo el nieto, echado en la otra cama, vestido con sólo un pantalón de tela liviana, enfrascado en una novela de Balzac editada por la Biblioteca Económica—. Ya durante la primavera transmitieron a la yaya en directo por televisión.

—Entonces, haga el favor de comenzar —le dio ánimos a la yaya la señora Kászony, Hanna Kakas, y a mí me dijo—: Por favor.

Puse en marcha la grabadora. La yaya, sin ninguna timidez, con respiración pausada, con un acento casi imperceptible, comenzó a contar acerca de Puki Bálint Kiss, el herrero de tamaño gigantesco capaz de realizar cualquier esfuerzo, pero a quien, bajo el puente de Hadik, sobre el río congelado, el fuego fatídico persiguió hasta que encontró la muerte.

—¿No es el fuego fatuo? —se interesó la señora Kászony, Hanna Kakas.

—Yo lo sé como fuego fatídico, preciosa.

—Entonces es así como es. ¿Qué clase de cosa es un fuego fatídico, querida abuela?

—Yo ya he visto todo tipo de fuegos fatídicos, preciosa. Una vez vi uno delgadito, como el cuero del látigo, que arrastraba una cola de fuego como una cometa, y otra vez uno chiquito, como la cola de un ratón, con unas lucecitas encima, como la llama de un fósforo. Cada cual es como es. Anteayer, por ejemplo, pasó corriendo un fuego fatídico tan grande como la torre de la iglesia, por aquí por el patio.

—¿Y la querida abuela vio eso con sus propios ojos? —preguntó la señora Kászony, Hanna Kakas.

La yaya, sorprendida, se calló, lo que hizo que su dentadura de Eger castañeteara. Miró sorprendida a la señora Kászony, Hanna Kakas:

—¿Por qué? —preguntó después—. ¿Usted acaso no ha visto todavía un fuego fatídico, preciosa?

—Tanto como ver, en verdad no he visto —dijo prudentemente la señora Kászony, Hanna Kakas—. Hasta ahora siempre había creído que sólo aparecen en los cuentos.

—¿Y dónde trabaja usted, preciosa? —se asombró la yaya.

—En la Universidad Científica de Budapest, querida abuela.

—Qué raro —dijo la yaya, meneando la cabeza—. Porque también mi nieto mayor va a esa universidad. ¿Qué es lo que estudia nuestro Jóska? —se volvió hacia la cama—. Nunca quiere venir a mi memoria.

—Cibernética —dijo el nieto del pantalón de tela liviana, sin levantar siquiera la vista de *La prima Bette*.

1949

A László Rajk,[1] ministro de relaciones exteriores, antiguo combatiente del partido, por su propia petición, lo condenaron a muerte. La ejecución tuvo lugar bajo el signo del mutuo acuerdo y de la confianza recíproca, ante un reducido número de invitados.

1. László Rajk combatió como voluntario en favor de la República Española, fue dirigente del Partido Comunista Húngaro y luchó en la resistencia contra los alemanes. Durante las purgas estalinistas de 1949, en un juicio forjado, fue acusado de agente de los Estados Unidos, espía de Yugoslavia y traidor a la patria. El país se sobrecogió al escuchar por los altavoces cómo Rajk y otros auténticos comunistas confesaban todos los crímenes de los que se les acusaba. Fueron rehabilitados posteriormente. (N. de la T.)

DESDE EL REVERSO

Los seres humanos anhelan el calor

Cuando terminó la visita médica de la mañana, el doctor Gróh, ya a punto de salir, se dio cuenta de que uno de sus pacientes lo llamaba con grandes aspavientos.

Se acercó a la cama.

—Discúlpeme, señor doctor, si le quito su tiempo —se excusó el enfermo, cuyo cabello, a causa de la hospitalización de dos semanas, llegaba ya hasta los hombros, lo cual le daba el aspecto de un apóstol, sobre todo porque además tenía devotos ojos azules y una mansa nariz en forma de corcho de champaña—. Sólo quisiera informarme sobre qué tipo de calefacción tiene el señor doctor.

—¿Usted es maestro estufista, verdad, tío Kreibich? —preguntó el médico.

—Exactamente. ¿El señor doctor tiene estufa de losa?

El doctor Gróh no contestó enseguida. Tuvo que reflexionar un minuto. Primero, porque era verano, y en esa época nadie se acuerda de su estufa. En segundo término, porque era un hombre que no valoraba demasiado las bendiciones de la civilización. Soportaba bien las incomodidades, no era excesivamente sensible al frío, comía lo que le ponían delante y en general no gastaba dinero en mejorar su vivienda, en la cual no había ni alfombras ni cuadros, ni un solitario cacto siquiera. Era típico de él que tampoco tuviera preferencias por una marca especial de cigarrillos: compraba lo que encontraba en el estanco.

—Yo sólo tengo una vulgar estufa de hierro, tío Kreibich.

Los ojos del maestro estufista brillaron.

—¿Y qué le parecería al señor doctor una estufa térmica, un termocox, de la calidad de los tiempos de antes?

—Para mí está bien con la que tengo —dijo el médico. Le sonrió al paciente y se marchó de la sala.

Estaba acostumbrado a los accesos de gratitud. Después de las operaciones exitosas le habían regalado ya gansos cebados, cojines, café, té, medias tejidas a mano, e incluso una vez un par de palomas mensajeras. Un paciente le dedicó en una oportunidad un poema; con las letras que iniciaban cada verso, leídas de arriba a abajo, se creaba la siguiente frase:

Dios bendiga al doctor Mihály Gróh

Los médicos que trabajan en hospitales tienen un sueldo reducido. Por esta razón no tomaba a mal que sus pacientes con más recursos discretamente le entregaran un sobre cerrado. Pero aborrecía los regalos en especie, de manera que cuando el tío Kreibich soltó nuevas insinuaciones con relación a la estufa, declaró con firmeza:

—Gracias, tío Kreibich, pero por una parte no tengo necesidad de esa no sé qué cosa térmica, y por la otra no quiero que usted gaste tanto dinero.

El estufista se sentó, alterado, y sacó su encallecido pie de debajo de la manta.

—Usted no me ha entendido —dijo—. Un termocox medianamente bueno cuesta ocho mil forints, señor doctor. Yo la estufa no se la quise dar de regalo, sino que pensé que podía hacérselo al señor doctor a precio de costo.

—No se moleste, tío Kreibich —le sonrió Gróh—. Yo prácticamente sólo voy a casa a dormir. ¿Para qué quiero una estufa tan costosa?

—¿Sabe el señor doctor qué es el termocox?

—No, en verdad no.

El dedo pulgar del sarmentoso pie del tío Kreibich comenzó a agitarse convulsivamente al escuchar eso.

—¿Ni siquiera ha visto un termocox?

—Nunca.

El tío Kreibich, de cuyo vientre Gróh había extraído metro y medio de intestino delgado, permaneció aún tres semanas en el hospital. Durante ese tiempo quebrantó la resistencia del médico, o, mejor dicho, la trituró. Pero no lo venció con argumentos. Cuando el doctor Gróh encargó la estufa, todavía estaba convencido de que estaba tirando su dinero en algo innecesario para él. El tío Kreibich triunfó no con sus argumentos, sino con la fuerza de la pasión. Porque la pasión del tío Kreibich era el termocox.

Llevaba cuenta de todas las familias de Budapest a las que les había fabricado estufas de termocox. Con esas familias mantenía vínculos por años, algo así como un padre que ha casado a su hija dándole una buena dote. Las visitaba de vez en cuando, atizaba el fuego, le daba palmaditas a la estufa y, confianzudo, le guiñaba el ojo a la dueña de casa. En todas partes lo recibían con afecto. Ante su solicitud varias personas llamaron por teléfono a Gróh (un funcionario de correos, un campeón mundial y una cantante de ópera), lo felicitaron por el proyecto de la estufa y lo invitaron a visitar sus propios termocoxes. El médico percibió que si continuaba rechazando tercamente la idea, la cólera de personas que gozaban de consideración general caería sobre él. Ésa fue una de las razones que tuvo para mandar a hacer la estufa.

Su vivienda —situada en la vertiente norte del monte Gellért— estuvo inhabitable durante dos meses. El tío Kreibich la llenó de losas, de piezas de hierro, de toda clase de instrumentos, de polvo de ladrillos y de suciedad. Nada de eso afectó a Gróh. En su vida su hogar ocupaba un lugar subordinado. Amaba su profesión y a veces trabajaba en su servicio hasta la hora de la cena. Pasaba cada segunda noche en casa de su jefe, el adjunto Warga, el cual también era un solterón, y vivía en una de las residencias médicas del hospital. En las noches intermedias, o se encargaba de la guardia nocturna, o visitaba a sus amigas. En la elección de pareja tampoco era exigente. Les hacía la corte a cuatro o cinco mujeres a la vez, sobre todo porque todas eran amables con él, de manera que no era capaz de decidirse a romper con ninguna de ellas. Característico de él era que no podía recordar ni siquiera sus nombres, y por eso a todas les decía «cielito».

Ya estaban en plena época de calefacción cuando por primera vez se notó un cierto cambio en el doctor Gróh. Al adjunto Warga le llamó la atención que su amigo mirara con tanta frecuencia su reloj.

—¿Qué pasa? ¿Tienes una cita? —preguntó.

—Ah, no —hizo un gesto con la mano Gróh—. Tengo que cargar mi estufa.

El adjunto lo miró asombrado. Gróh salió corriendo a llamar por teléfono, y volvió con la cara roja como la páprika y se puso a insultar a su vecina, esa bruja descuidada a la que él le pagaba regularmente un sueldo mensual, para que cada noche agregase medio balde de cox a la estufa.

—Si no se me ocurre llamar por teléfono —siguió, indignado—, otra vez se hubiera olvidado la vieja arpía.

—¿Y qué? —se sorprendió Warga—. ¿No vas a dormir aquí?

—Tú no entiendes de esto —dijo el doctor Gróh, con una sonrisa de superioridad—. Éste es un verdadero termocox.

Casi no le prestó atención a su amigo. Con el tiempo sus visitas se hicieron más escasas y luego dejó de hacerlas del todo. En el servicio de cirugía se dieron cuenta de que Gróh comenzó a llevar a casa los cojines bordados recibidos de los enfermos. Al mismo tiempo compró grabados de cobre y hasta una alfombra de segunda mano. En ese entonces ya pasaba en casa prácticamente todas las noches; se quedaba sentado, leyendo o escuchando la radio, o apoyando la espalda contra la estufa para calentarse.

También comenzó a descuidar a sus amigas. A una de ellas, que sentía mucho apego hacia él, la invitó a su casa una noche. Cuando entraron, la muchacha lanzó un grito de alegría:

—¡Qué calor tan agradable hace aquí!

—Ya lo creo —dijo Gróh con orgullo—. Ven a ver qué clase de estufa tengo, cielito.

Llevó a la muchacha, abrazada, hasta la estufa. Le explicó que en otoño se cargaba y se encendía, y que luego ya no se apagaba hasta la primavera...

—¿Sabes —preguntó— cuánto consume esta estufa? ¡Dieciocho quintales, de otoño a primavera!

—¿Y eso es mucho o poco? —preguntó la invitada.

Gróh soltó a la muchacha. La trató fríamente el resto de la noche. Era hermosa, y también inteligente, pero él perdió todo interés en ella. No la volvió a llamar. Después de algunas experiencias con mal resultado decidió romper con las otras también. Se convirtió en un hombre hogareño. E insociable.

Regaló sus abonos de la ópera. Si podía evitarlo, no hacía guardias nocturnas. Del hospital iba directamente a su casa. Algunas veces, al mediodía, pedía un taxi, se iba a la casa, por unos minutos apoyaba la espalda en la estufa y luego, tranquilizado, regresaba al hospital.

La estufa funcionaba sin ningún problema. Consumía poco, ofrecía un calor uniforme y el fuego nunca se apagaba dentro de ella. En una palabra, era perfecta, tan perfecta que al doctor Gróh a veces le nacían ideas extrañas. Por ejemplo, que ningún ser vivo —incluido él mismo— podía ser tan perfecto como un termocox.

Poco a poco llegó a conocer todos sus secretos. Observaba de cuál hilera de losas surgía primero el calor cuando aumentaba la ventilación y, de vez en cuando, miraba la cámara interna, donde se iba desplomando, rojo incandescente como la cereza, el cox, y como una carcoma ardiente, crepitaba bajito... «¡Qué admirable! —pensaba en esos casos Gróh—. Por dentro es un calor tórrido, como una forja de hierro, y por fuera es tibia, como el cuerpo de una mujer.» En esos momentos sentía la tentación de besar a la estufa.

A fines de febrero informó que estaba enfermo. Desde entonces a veces iba al hospital, a veces se quedaba en casa. No tenía nada, sólo que no deseaba salir del agradable calor de la habitación. Uno de esos días le mandó un telegrama al tío Kreibich, pidiéndole que lo visitara la noche siguiente.

El estufista entró. Atizó el fuego, le dio unas palmadas a la pared de la estufa y pegó a ella la oreja, como cuando el médico ausculta los pulmones.

—¿Funciona bien, doctor? —preguntó después.

—Excelente —dijo Gróh—. Pero yo lo llamé por otra cosa. Me di cuenta de algo, tío Kreibich.

El estufista lo miró, a la expectativa. Gróh se apoyó en la estufa y esperó hasta que el calor lo recorrió por completo.

—Hasta ahora —dijo después— los seres humanos han construido grandes casas y en cada habitación han colocado una estufa. ¿No podría esto hacerse al revés, tío Kreibich?

—¿Cómo que al revés? —preguntó el estufista.

—Habría que construir grandes estufas —fantaseó Gróh—, y dentro de las grandes estufas, pequeñas casas... ¿Qué le parece, tío Kreibich?

—Así, a primera vista, suena un poco extraño —dijo el estufista, luego de pensar un poco. Poco después, por más que el médico trató de retenerlo, se despidió y se marchó a su casa.

Al día siguiente, en silencio y tranquilamente, al doctor Gróh lo trasladaron del servicio de cirugía del hospital al de psiquiatría. Desde entonces vive ahí. No le hace daño a nadie y tampoco a él le hacen daño. Apoya su espalda en la pared y con una mansa sonrisa mira hacia la nada.

Pesadilla

El vecino —Kálmán Kirch, soldador— llegó al edificio a las tres de la mañana. Pagó el taxi y tocó el timbre, pero el conserje no vino. Mientras esperaba, recogió un puñado de nieve y se lo apretó contra la frente. Se hallaba un poco achispado. Se refrescó y tocó el timbre de nuevo.

El ronquido que venía en camino se quedó encerrado dentro del conserje. En su boca, como si fuese un sabor amargo, sintió acumularse la rabia. Odiaba a la gente. Odiaba a los vecinos, sobre todo al soldador que siempre llegaba tarde; en sus oraciones pedía con frecuencia que cayeran sobre su cabeza todo tipo de males. Rezaba mucho, porque era miembro de una secta que sólo aceptaba el evangelio, y guardaba el sábado en vez del domingo.

Kirch ignoraba las pasiones que bullían dentro del conserje. Trabajaba en el puente de Erzsébet en el turno de la tarde. Después del trabajo se sentaba en un antro de mala muerte en el que tocaban música, y ahí se tomaba tres copitas de aguardiente de ciruelas. Luego de tres copitas de aguardiente de ciruelas ya uno ama a todos los seres humanos. Saludó así:

—Buenas noches, mi apreciado señor Hornák.

—Ojalá revientes, cerdo asqueroso, de patas hediondas —respondió el conserje, en voz no muy alta, de modo que podía pasar por un saludo.

Cuando lo despertaban antes de medianoche podía todavía volverse a dormir, aunque con dificultad. Por suerte aquí, en las edificaciones del nuevo sector, vivía gente que se levantaba temprano, familias de obreros y de empleados. Sólo este cerdo borracho lo hacía pararse todas las madrugadas. En estos casos sólo se quedaba aletargado, pero dormir ya no podía. En voz baja le mascullaba a su almohada, como si fuese una canción de cuna: «Revienta, rubio cerdo mocoso, revienta».

Kirch mandó de vuelta el ascensor a la planta baja, entró en casa y se puso el pijama. Siempre estaba algo entonado. Grupos de cuatro soldadores, en tres turnos, se dedicaban a las obras del puente. Los que los veían de abajo se sentían al borde de un ataque de nervios, por lo cual a los que trabajaban ahí arriba les pagaban el monto máximo que permitía la tabla de salarios. Pero ellos allá en lo alto, en el corazón de la noche, no tenían noción del peligro. Debajo no existía el abismo, sólo la inmensidad encima de sus cabezas. Con su luz azul podían iluminar toda Budapest; si así lo desearan, hubieran podido soldar el cielo a la tierra... A las mujeres se les erizaba la piel apenas se enteraban de en dónde trabajaba: también eso le gustaba a Kirch. En cualquier circunstancia sólo hacía lo que le gustaba, y todo lo que le gustaba lo hacía sentirse algo entonado.

Abrió la puerta del balcón. Salió, respiró hondo y se desperezó. El aire olía a nieve y a argamasa, y a ese olor se agregaba también un poco de la fragancia del aguardiente de ciruela. La mezcla de olores le agradó tanto a Kirch que dio un paso más hacia adelante.

Se detuvo sobre la nada. Las barandas de los balcones no habían sido colocadas todavía. Abajo, en la portería, había un aviso que decía «Prohibido terminantemente salir al balcón», y Kirch lo leía todos los días; sin embargo, ignoraba lo que estaba escrito ahí, puesto que instintivamente aborrecía toda prohibición. Sólo se daba por enterado de lo que le agradaba. Como el fresco de la brisa invernal le agradó, dio un paso más hacia delante. Y luego otro. Después se precipitó hacia abajo.

Dos pisos y el entresuelo. La caída de Kirch fue larga y agradable. El viento recorrió su pijama, lo que le hizo sentirse como si estuviera desnudo. Hizo una pirueta como de circo y luego se hundió en un montículo de nieve. La nieve subió hasta lo alto dentro del pantalón de su pijama y Kirch, que era un tipo cosquilloso, se rió.

Después, con cierta dificultad, salió del montón de nieve, se sacudió las piernas del pijama y volvió a tocar el timbre.

El señor Hornák se sobresaltó, pero se quedó un buen rato todavía echado boca abajo, con la mirada fija en la oscuridad. Su cólera se prendió de inmediato, creyendo que quizás sería el soldador el que estaba tocando el timbre, pero luego enseguida se apagó, porque se acordó de que ese cerdo borracho ya había llegado. Se levantó de su camastro. Se puso un pantalón sobre el camisón y encima el abrigo de invierno y una bufanda. Arrastrando los pies llegó hasta el portón, donde sus ojos se desorbitaron, el frío recorrió su espalda y en sus venas se congeló la sangre.

—Buenas noches, apreciado señor Hornák —le dijo el soldador.

Entró en el ascensor. A causa del zumbido de éste no oyó los gritos enloquecidos del señor Hornák en la calle, ni percibió cómo se arrancaba la bufanda, el abrigo, los pantalones y, finalmente, el camisón. Los enfermeros de la ambulancia lo envolvieron en una manta y lo trasladaron a la clínica neuropsiquiátrica, donde se hundió en un profundo sueño, mientras se agitaba intensamente y rechinaba los dientes. Para el momento de escribir estas líneas aún no ha vuelto en sí.

Italia

El director italiano, luego de terminar de dirigir *Baile de máscaras*, se lanzó a la noche de Budapest. Cerca del amanecer convidó a la mesa, en la que se encontraba con varias personas, a una dama con la que había bailado ya repetidas veces. El artista invitado —con la intervención del traductor— la estuvo cortejando un rato, luego sacó del bolsillo su billetera y, colocando encima la mano, miró con expectativa al traductor. Este intercambió algunas palabras con la dama.

—*Cinquecento* —le dijo luego al director.

—*Trecento* —dijo el invitado, ya que el monto le pareció excesivo.

—*Quattrocento* —sugirió finalmente el traductor.

En eso se mostraron de acuerdo.

Declaración

Todos están almorzando. Tendido boca arriba, me bronceo en el solarium, el cual se introduce profundamente dentro del lago Balatón. No muy lejos de mí, sentado con las piernas cruzadas, se encuentra un muchacho alto y de porte atlético. Junto a él una chica ya muy bronceada inclina su cabeza en el regazo del joven. No hay nadie más. La muchacha cierra los ojos, porque el agua hace reverberar la luz del sol del mediodía como un espejo, como un amplificador.

El lago está tranquilo, sólo debajo de nosotros se percibe el rumor del agua, en medio de los pilotes del solarium. No hay ningún otro sonido. Para que yo no los pueda oír, el muchacho y la chica hablan muy bajito.

Textualmente:

—Entonces, ¿dónde se bronceó así? —pregunta el muchacho.

—No lo voy a repetir —contesta ella.

—Por favor.

—Seguro que lo va a tomar a broma.

—Por Dios que no voy a bromear.

—Ya le dije, en la playa de la central eléctrica.

—Entonces, ¿es un bronceado eléctrico?

Se ríen. Los cinco dedos de la mano derecha del muchacho, más livianos que la sombra del ave sobre el agua, recorren el brazo de la chica. Ella retira el brazo. Él vuelve a deslizar la mano. La risa ha desaparecido.

—Me imagino qué clase de playa —dice el muchacho.

—Es una playa muy buena —afirma ella.

—¿Sólo van niños ahí?

—Más bien sólo adultos. El agua es muy profunda.

—¿Hasta dónde le llega a usted?

—Hay un letrero: «Sólo para nadadores».

—¿O sea que le llega hasta aquí?

El abdomen de la muchacha está desnudo. También el muchacho lleva sólo un mínimo bañador, la chica uno más pequeño todavía, la punta de un pañuelo azul amarrada sobre su pubis y dos pequeñas copas sobre los pechos. No parecen piezas de vestir, sino apenas unas compresas. Desprende la mano del muchacho del abdomen, y entonces él con la mano izquierda sujeta la muñeca de ella, la mano libre de la muchacha la de él, de manera que las manos se enredan como si se tratase de una sesión de lucha libre. Sólo que ellos luchan suavemente, como un recién nacido que trata de atrapar su pie con la mano, o llevar el pie hasta la mano: esas cuatro manos podrían considerarse miembros de un solo cuerpo.

Y se ríen bajito, arrullándose como las palomas. Después la risa desaparece de nuevo.

—Un día voy a ir a ver esa playa —dice el muchacho.

—Seguro que no va a ir —dice ella.

—Si lo digo, es porque voy a ir.

—No lo creo.

—Por Dios santo —dice el muchacho—. ¿Cómo se llega hasta ahí?

—Está un poco más allá de la central eléctrica. Hay un letrero que dice: «Playa Veinte de Agosto».

—No entiendo —dice el muchacho, y su voz parece hacerse más pesada.

—¿Qué es lo que no entiende? —pregunta ella, también hablando más despacio, dejando gotear con más dificultad las palabras.

—¿Se llama de la Central Eléctrica?

—De la Central Eléctrica.

La mano del muchacho descansa sobre el hombro derecho de ella. No descansa; lentamente se pone en marcha hacia abajo.

—¿Y Veinte de Agosto?

—Ése es su nombre.

—Es decir, su nombre de pila.

Están a punto de reírse, pero de alguna manera esta risa no quiere venir al mundo, porque la mano del muchacho se ha deslizado debajo del bañador y ahí se ha quedado. La muchacha busca con los ojos cerrados, titubeante, la mano de él, pero no la puede alejar del lugar en el que se ha introducido. Estos están hechos exactamente el uno para el otro: la palma de la mano del hombre y el seno de la mujer.

—¿De la Central Eléctrica? —pregunta el muchacho con voz ronca.

—De la Central Eléctrica —dice ella con voz ronca.

—Y Veinte de Agosto —dice él con voz ronca.

—Veinte de Agosto —dice ella con voz ronca.

La esperanza nunca se pierde

—Una cripta en ningún caso es barata —informó el empleado—. Menos aún en la vía principal.

—No necesita estar en la vía principal —dijo el interesado—. Lo importante es que esté asfaltada.

—¿Asfaltada? —se asombró el empleado—. Es extraño, discúlpeme. Pero es posible.

Puso a un lado la lista de precios mecanografiada y en la hoja de una libreta realizó rápidamente unos cálculos matemáticos; la cripta asfaltada, sin lápida, en una vía lateral, tenía un precio bastante elevado. Sin embargo, el interesado declaró que no importaba.

Se quedó pensativo, royéndose las uñas.

—Además —dijo —hace falta que tenga un tubo.

—¿Qué clase de tubo? —preguntó el empleado vestido de negro.

—Yo mismo no lo sé. Como una chimenea. O como en los barcos. O algo así como lo que hay en las bodegas de vino.

El ingeniero, cuya presencia solicitó el empleado, resultó bastante tardo de entendimiento. Se hizo explicar el asunto dos veces, para limitarse luego a refunfuñar.

—Si me permite preguntarle —dijo—, ¿de qué material deberá ser ese tubo?

—Eso ya es asunto de ustedes —contestó el interesado, perdiendo un poco la paciencia.

—¿De pizarra podría ser? —preguntó el ingeniero—. ¿O mejor lo recubrimos de ladrillos? ¿O lo hacemos simplemente de algún metal?

—¿Usted qué sugiere? —preguntó el interesado.

—Yo no entiendo nada de todo el asunto —dijo el ingeniero—. Pero lo más práctico sería la pizarra.

—Que sea pizarra, entonces —dijo el interesado, y miró como en un ensueño al ingeniero de tardo entendimiento—. Además —dijo luego—, hay que instalar luz eléctrica.

—¿Luz eléctrica? —lo miraron asombrados los dos—. ¿Qué falta hace ahí la luz?

—Buena pregunta —dijo irritado el interesado—. Para que no esté a oscuras.

El vecino nuevo

—¿Así eres tú? ¡Empiezo a lamentar el haber ligado mi vida a la tuya! Mis vecinos —creo que su apellido es Román o Révész— se habían mudado hacía una semana apenas. Por suerte no tenían ni niños, ni aspiradora, ni pulidora. Ni siquiera una placa con sus nombres en la puerta. Sólo televisor.

—¡Mira quién habla! Dicen que salías a cenar con oficiales alemanes.

Llegan a casa cerca de las seis de la tarde. Hoy también, apenas entraron, prendieron la televisión. La pared de mi cocina y la del cuarto de ellos es común. A fuego lento pongo a calentar el puré de patatas.

—Todo el mundo sabe que el vigilante nazi del edificio marcó mi puerta con tres cruces dibujadas con tiza...

Voy revolviendo lentamente el puré de patatas.

La asistenta (la señora Berta) viene dos veces a la semana, y entonces me cocina para dos días. Antes de irse, me repite una y otra vez sus instrucciones, como a un niño. Aquí está la carne fría, con eso el señor escritor no tiene que hacer nada. Aquí está la ensalada, con eso tampoco. Sólo tiene que calentar este puré de patatas... Repita conmigo, porque al señor escritor todo se le olvida. No se preocupe, señora Berta, no se me va a olvidar. Pero sólo a fuego lento. Sólo a fuego lento, señora Berta. ¿Y lo va a remover? Lo voy a remover. ¿Con qué lo va a remover? Con una cuchara. ¿De madera? Con un cucharón de madera. Y a fuego lento, señor escritor. A fuego lento, señora Berta. Muchas gracias. Hasta luego.

—¡Hace veinte años que le mientes al mundo!

—¡Ten cuidado! ¡Si te pasas de la raya, lo vas a pagar! Puede que sea bueno ver un drama de amor así, antifascista, pero aquí, en la cocina, suena como si fuera una pelea. Lamentablemente al puré de patatas no se le puede abandonar. A medida que se va calentando borbotea con más frecuencia.

—¡A mí no me puedes engañar haciéndote la mártir! ¿Quién denunció a su propia ahijada?

—¡A ver, dilo! ¡Me gustaría escucharlo! ¡Siento verdadera curiosidad!

Dentro de un momento estará listo. Ya no sólo borbotea, ahora hasta dispara.

—¡Si quieres saberlo, yo tengo pruebas!

—Eso lo puede decir cualquiera.

—Entonces fíjate, mira esto...

Allá en el otro lado algo chirría, quizás están abriendo un cajón... Luego se oye el ruido de pasos violentos, un forcejeo, un estertor. Una voz femenina —evidentemente la amante de los alemanes— lanza un chillido.

—¡Auxilio! ¡Me mata!

Se oye el sonido de un disparo y el sordo golpe de un cuerpo que cae. Otro disparo, y luego, por fin, el silencio. Ya está caliente mi puré de patatas.

Mis vecinos no habían colocado ni siquiera una placa con sus nombres en la puerta. Al día siguiente, y el otro también, todos los que vinieron a buscarlos, tocaron a mi puerta, por error. La policía, el médico municipal, los periodistas, los fotógrafos... Ni siquiera tenían televisor. El hombre —que no se apellidaba ni Román ni Révész, sino Rónai— fue sentenciado a ocho años de cárcel, debido a circunstancias atenuantes.

Ahora hay silencio en el departamento contiguo.

¡Adiós, París!

Aunque mi maleta era pesada, la arrastré hasta la Rue des Écoles.
Allí tomé un taxi.

—A la Gare de L'Est —le dije al chofer.

Todavía tenía tiempo. No era agradable esperar junto al ferrocarril.

—Yo ahora me voy a mi país —le dije al chofer— ¿No se toma
conmigo un trago de despedida?

—Yo sólo tengo medio estómago —dijo el chofer.

—Un vaso de vino blanco no puede hacerle daño.

—Conozco un sitio —dijo el chofer.

Brindamos y nos tomamos el vino de un trago. Luego también él
ordenó una ronda. Mientras esperamos, me preguntó:

—¿A dónde va?

—A Budapest.

—¿Qué país es ése?

—Hungría.

—¿Con los alemanes o en contra de los alemanes?

—Con los alemanes.

—No es lo ideal —dijo.

—Ni un poquito —dije.

El propietario trajo el vino.

—Es a los ministros a quienes habría que mandar al frente —dijo
el chofer, luego de reflexionar un rato.

—Así es —dije—. Entonces se lo pensarían dos veces.

Pagamos y nos pusimos en marcha. Por las escaleras de la Gare
de l'Est fue él quien subió mi maleta. Después me tendió la mano.

—Yo me estoy salvando a causa de mi estómago —dijo.

—Es mucha suerte —dije.

—¿Usted no tiene ninguna enfermedad?

—No tengo.

—No importa —me consoló—. En dos meses derrotamos a los alemanes.

—Ojalá.

—Quizás nos volvamos a ver alguna vez —dijo.

—Me cuesta creerlo —dije.

—Entonces nos tomaremos otra copa —dijo.

—Eso ya lo creo —dije.

—Hasta la vista —dijo.

—Hasta la vista.

VARIACIONES

Algunos minutos de política exterior

Estuve ya en todos los almacenes de los alrededores que venden combustible. También fui a las madereras, pero sin ningún resultado. Después alguien me recomendó un sótano de la periferia, cuyo dinámico y despabilado director aparentemente era capaz de hallar cualquier tipo de combustible, siempre y cuando uno le llevase un poquito de ron.

Ni siquiera fue necesario comprarlo: en casa teníamos auténtico ron cubano. Encontré el sótano, al cual había que bajar por ocho escalones. No iba ni a mitad de camino, con el ron en mi portafolio, cuando desde abajo una voz de hombre me gritó:

—¡Briquetas democráticoalemanas no tenemos!

Bajé, saludé, saqué la botella y la coloqué sobre una mesa de aluminio cubierta de polvo de carbón.

—Eso no es lo que necesito —dije.

—¿En qué podemos servirle? —se interesó el director, lanzando una fugaz mirada al ron.

—Quisiera comprar un poco de material de fisión —dije.

Hasta ahora en todos los sitios en los que anduve me habían dicho categóricamente que no había. Pero él se acercó un poco más al ron, leyó la etiqueta, se quedó contemplando la caña de azúcar dibujada en la viñeta, y luego dijo:

—Escarbando un poco quizás pueda reunir algo de mineral de uranio alquitranado.

No pude sino reírme.

—¡Usted sí que es gracioso! —le dije—. ¿Qué se cree? ¿Que después, en casa, en la cocina, voy a dedicarme a enriquecerlo manualmente?

Agarré la botella de ron y la volví a guardar en el portafolio, lo cual tuvo el efecto inmediato de volver más comprensivo al carbonero.

—No hay por qué irse así, corriendo. Tenga la bondad de decirme exactamente qué es lo que desea, y ya veremos qué podemos hacer.

«Como si no lo supiera», pensé, pero de todas maneras le expliqué, con mucha paciencia, que necesitaba la carga atómica habitual, es decir, isótopos puros de uranio 233.

—Claro que, si no hay —agregué—, me podría conformar con un poco de plutonio 239.

Saqué de nuevo el ron y lo coloqué sobre la mesa de aluminio cubierta de polvo de carbón. No dije nada. Hablar tampoco él habló, pero se llevó la botella y la guardó en un desvencijado archivador. ¿Para qué hablar tanto? Con esta pantomima bastó para decirnos mutuamente que el negocio estaba hecho. Ahora el carbonero ya sólo puso inconvenientes para guardar las apariencias.

—¿Si me permite la pregunta —me dijo—, dispone usted de algún cohete portátil?

—Dispongo —le contesté brevemente.

No entré en detalles. Si le hubiera contado todas las idas y venidas que tuve que hacer hasta que encontré una cooperativa artesanal en la que —por supuesto no por una botella de ron, sino por un piano vertical inglés y seis piezas de tela de algodón para sábanas— se dignaron hacerme un chapucero trabajo y me fabricaron un cohete de mediano radio de acción, eso no hubiera hecho más que subir el precio del material de fisión. Mis cálculos resultaron correctos. El carbonero señaló un precio sorprendentemente barato y yo coloqué el dinero sobre la mesa de latón.

—¿Trajo algún recipiente? —me preguntó.

—No.

—Entonces déme dos forints de depósito por la botella.

Pagué el depósito.

—¿No tiene un corcho?

Tampoco tenía corcho.

Suspiró. Luego rasgó una página de periódico, la enrolló, y como pudo tapó la sucia botella de soda. La había sacado de ese desvencijado archivador en el cual antes había guardado el ron.

—¿Se lo envuelvo?

—No hace falta —dije.

—Espero tener el gusto nuevamente —dijo el carbonero y, con mucha cortesía, me acompañó por la escalera. Ahí me preguntó—: ¿Me imagino que servirá para fines pacíficos?

—Naturalmente —le dije.

—Lo pregunto sólo porque parece usted una persona tan bromista —dijo, y me amenazó, juguetón, con el dedo.

Noticias y pseudonoticias

Soy un apasionado lector de noticias. Me produce alegría por las mañanas tomar en mis manos el diario, el cual leo de cabo a rabo. ¿A qué se dirige todo este interés? A todo aquello que ha sucedido desde ayer, a los acontecimientos de los cinco continentes. Como esta curiosidad es compartida por cientos de millones, se han conformado agencias de noticias que funcionan como una red que todo lo abarca. Cables, reporteros, transmisores de imágenes, satélites, imprentas y salas de redacción vierten noticias, cada una más interesante que la otra. Es algo que consume enormes sumas de dinero. En estos días me di cuenta de que no hay ninguna necesidad de ello.

¿Cómo nació en mí este descubrimiento?

Pasé un mes en el exterior. Muy pronto sentí la falta de la lectura matutina de la prensa. Al finalizar la segunda semana cayó en mis manos un viejo periódico de Budapest, con el que habíamos envuelto un artefacto eléctrico. Lo desempaqueté y me lo leí. Durante su lectura me di cuenta de que las noticias viejas son tan interesantes como las recientes.

Esta experiencia me hizo reflexionar. Si el antiguo material noticioso en nada es más aburrido que el nuevo, entonces quizás tampoco es importante que lo que leo haya sucedido de verdad o no. Es posible que mi curiosidad se satisfaga también con pseudonoticias.

Hice una prueba, que resultó exitosa. A continuación daré a conocer algunas noticias interesantes que he inventado, en el breve lapso de unas horas, sin ninguna fatiga especial. Tengo la esperanza de que estos sucesos no acaecidos satisfagan la curiosidad de mis lectores. Ello constituiría un acontecimiento de gran significado.

Sucesos de los cinco continentes

El Papa aprende a montar en bicicleta

La máxima autoridad de la Iglesia católica, por prescripción médica, todas las mañanas le da tres vueltas en bicicleta a la gran plaza que se extiende delante de la Catedral de San Pedro. En su recorrido, aparte del médico, sólo lo acompañan seis guardias suizos, los cuales, en esas oportunidades, en lugar de su pesado casco, utilizan un blanco yelmo de paracaidista. El pueblo de Roma y numerosos viajeros y peregrinos contemplan de rodillas el ejercicio físico matutino del Santo Padre.

Patata frita le produce la muerte

La viuda de Lörinc Kovács, jubilada, vecina de Óbuda, anoche preparó patatas fritas para la cena. Apenas se comió la primera se llevó las manos al estómago y murió. En la autopsia, además de la patata frita, encontraron en el estómago de la anciana un ramillete de campanillas blancas, una cámara fotográfica Kiev comprada con un préstamo de la Caja de Ahorros Nacional y un ejemplar de la novela *Cementerio de chatarra*.[1] De acuerdo con la opinión de los médicos estos objetos no apropiados para el lugar en el que se encontraban también pudieron jugar un papel en el desgraciado fallecimiento de la señora Kovács.

1. Importante novela del escritor húngaro Endre Fejes, en la cual se ficcionalizan numerosos trágicos hechos políticos y sociales de la historia contemporánea húngara. (*N. de la T.*)

Un húngaro en el cosmos

Según noticias aún no confirmadas, el capitán Conrad, segundo piloto de la nave espacial estadounidense Géminis IV, es de origen húngaro. Su padre, que se llamaba Konrád, emigró desde Szabadbattyán, de la Hungría de «los tres millones de mendigos». El capitán Conrad sirvió en la fuerza aérea y aún hoy en día habla bien el húngaro. Durante el largo viaje por el cosmos canturreó aquella antigua canción popular húngara que comenzaba con la frase «*Mon amour, mon amour*, eres tú la dueña de mi corazón», la cual aprendió antaño de su padre.

Se comió su propia pierna

Géza Mendelényi, funcionario de la Central de Compras de Leche y Productos Lácteos, en el jardín de su casa de Kispest se comió hasta el hueso la carne de su propia pierna izquierda. La causa de su acción: disgustos en su oficina.

Nueva enfermedad de las sandías

La señora de Béla Reme, miembro de la Cooperativa de Producción Libertad, de Kiskorpás, se despertó durante la noche al oír un leve lamento. La responsable cuidadora de plantas se apresuró a ver de dónde partía el sonido. En los sembradíos de la cooperativa encontró una sandía que gemía suavemente, a la cual la ambulancia trasladó de inmediato al hospital del distrito.

El doctor Bodrogi, jefe del servicio de cirugía, renunció a su proyectado viaje IBUSZ[1] a Yugoslavia cuando se enteró de que la

---

1. Instituto oficial que controlaba los viajes al exterior de los ciudadanos húngaros durante el socialismo.

sandía era propiedad de la CP. Es probable que sea necesario practicar una operación. El teléfono del hospital suena constantemente, ya que las cooperativas vecinas se interesan por la condición del enfermo.

¿Coleccionista o traficante de divisas?

El juzgado condenó a József Szederjesi Szabó, ciudadano de origen húngaro, domiciliado en Cleveland, a una multa de mil forints, por hurtar de la entrada de los edificios de Budapest una cantidad —suficiente como para llenar una maleta— de letreros con el texto: «El ascensor no funciona». Szabó se defendió con el argumento de que no deseaba llevar a cabo ningún tráfico, sólo había reunido los letreros por afición, ya que es coleccionista de objetos extraños.

Impulso a la industria de artículos deportivos

Ayer los experimentados exploradores de petróleo de la Empresa de Perforación Profunda del Transdanubio del Sur se llevaron una gran sorpresa. Cuando alcanzaron los 2200 metros de profundidad con el taladro, de repente notaron una fuerte fuga de gas. La irrupción de gas no fue seguida por la esperada presencia de petróleo: en su lugar una inmensa cantidad de zapatillas de tenis voló en dirección al cielo. Los supervisores de calidad de la Fábrica de Zapatos Danubio se hicieron presentes de inmediato en el sitio, y constataron que las zapatillas de tenis provenientes del seno de la tierra cumplían perfectamente con las normas de calidad. Es de esperar que, a partir de este hallazgo, no solamente podamos suplir el mercado interno, sino que estemos en condiciones de cumplir también con el acuerdo de comercio internacional con Afganistán.

Movimiento revolucionario en Paraguay

En Asunción, la capital del país, la división blindada número 3, considerando insuficiente su paga, se presentó frente al palacio presidencial. Después de un breve tiroteo echaron a López Burillo, el presidente de derechas, amigo de Estados Unidos, de tendencias reaccionarias, y colocaron en su lugar a Aurelio Lapaz, de tendencias progresistas. Al cierre de nuestra edición la población de la ciudad celebra con un desfile de antorchas la nueva derrota de la reacción en América del Sur.

Nuevo movimiento revolucionario en Paraguay

Las fuerzas aéreas paraguayas que reclaman su paga lanzaron un batallón de paracaidistas en el jardín del palacio presidencial. Después de un breve tiroteo lograron echar a Aurelio Lapaz, el presidente amigo de Estados Unidos, de tendencias derechistas, el cual apenas ocupó el cargo por tres cuartos de hora. El nuevo presidente es López Burillo, de pensamiento progresista, cuyo triunfo los habitantes de Asunción celebran con un desfile con antorchas, el cual continúa en el momento de cierre de esta edición.

Espero que las anteriores pseudonoticias satisfagan por completo las necesidades sensacionalistas del lector. Con esto, de un sólo golpe se volvería innecesario todo el aparato de transmisión de noticias, los satélites, las agencias, los cables y los transmisores de imágenes. Podríamos ahorrar una inmensa cantidad de dinero. Incluso podríamos despedir a los trabajadores de las salas de redacción, ya que el autor de estas líneas, por una modesta paga, se compromete a abastecer a la prensa local de pseudonoticias en apariencia del todo actuales y fidedignas.

El redentor

A las diez de la mañana el escritor terminó su nuevo drama. A primeras horas de la noche todavía le habían faltado dos difíciles escenas y se pasó la noche entera escribiéndolas. Durante ese tiempo se preparó cerca de diez cafés y caminó al menos diez kilómetros en la estrecha habitación del hotel, de un lado a otro. Ahora, sin embargo, se sentía tan fresco como si ni siquiera tuviese cuerpo, tan feliz como si la vida se hubiera embellecido, y tan libre como si el mundo hubiera cesado de existir.

Se preparó otro café. Bajó a la orilla del lago y buscó al batelero.

—¿Paseamos un rato por las aguas, tío Volentik? —preguntó.

—Tome asiento —dijo el batelero.

El cielo estaba nublado, pero no había nada de brisa. Como un inmenso espejo, así de liso, plateado y brillante se veía el lago. El tío Volentik remaba con golpes rápidos pero breves, tal como es costumbre en el lago Balatón.

—¿Qué cree? —preguntó el escritor, después de que hubiesen navegado un buen trecho—. ¿Se ve todavía hasta aquí desde la orilla?

—Sí, todavía sí —dijo el batelero.

Continuaron. La visión del techo de tejas rojas del balneario lentamente fue cubierta por los árboles. De la costa sólo se veía lo verde y del ferrocarril solamente el humo.

—¿Y ahora? —preguntó el escritor.

—Ahora también —contestó el batelero.

Ya sólo se escuchaba el batir de los remos en el agua y ningún sonido llegaba desde la orilla. Las imágenes de las casas, del puerto y del bosque se confundían las unas con las otras. Ya sólo se veía como el trazo de un lápiz el lugar donde terminaba el lago.

—¿Todavía se ve hasta aquí? —preguntó el escritor.

El batelero miró a su alrededor:

—Hasta aquí ya no.

El escritor se quitó las sandalias y se puso de pie.

—Entonces deje de remar, tío Volentik —dijo—. Voy a intentar caminar un poco sobre las aguas.

Variaciones

Está prohibido pisar la hierba
pisar la hierba está prohibido
pisar prohibido pisar
pisar pisar pisar
pisar prohibido pisar
prohibido prohibido prohibido.
Prohibido.

Hoja de álbum

—¿Quién eres tú, bella y esbelta joven, de largos cabellos?

—Mi nombre completo es Klára Nóra Annamária Olga Vorazlicki, pero todos me llaman Cuchi. ¿Y el señor quién es?

—También mi nombre es Klára Nóra Annamária Olga Vorazlicki, y también a mí me suelen llamar Cuchi.

—Qué raro. Pero si el señor ya está viejo, es calvo, y su ojo derecho está volteado rígidamente hacia arriba... Yo esto no lo entiendo muy bien.

—Tienes que aprender, Cuchi, que no hay en el mundo dos Klára Nóra Annamária Olga Vorazlicki iguales.

—¡Qué lástima!

—Así es, así son las cosas.

Surtido

—Buenos días, señora.

—¿Qué desea el apreciado cliente?

—Quisiera comprar un sombrero marrón.

—¿Cómo lo desea? ¿Deportivo, algo más serio, o de ala ancha?

—¿Usted qué me recomienda, señora?

—Probemos éste... Es liviano, ni demasiado oscuro ni muy claro. Ahí está el espejo, tenga la bondad.

—Me parece que no me queda mal.

—Como si lo hubieran diseñado para usted, apreciado caballero.

—De todas maneras, si no es molestia, muéstreme otro modelo.

—Con gusto. Éste, por ejemplo, también me permito recomendarlo ampliamente.

—Es verdad, me queda bien. Ahora ya ni sé cuál escoger.

—Quizás uno tercero. A éste lo elogian muchos de nuestros clientes, y le queda tan bien como los dos primeros.

—Tiene razón. ¿Qué diferencia de precio hay entre los tres sombreros?

—Tienen el mismo precio.

—¿Y su calidad?

—Me atrevo a afirmar que ninguno es peor que el otro.

—¿Entonces cuál es la diferencia entre los tres sombreros que me probé?

—Ninguna, señor. Ni siquiera tengo tres sombreros marrones de caballero.

—¿Cuántos, pues?

—Uno sólo, éste.

—¿El que me probé tres veces seguidas?

—Así es, señor. ¿Si me permite la pregunta, cuál va a escoger?

—Yo mismo no lo sé. Quizás el primero.

—Me parece que es el que más lo favorece, aunque tampoco los otros son de desdeñar.

—No, no... Pero ya me decidí por el primero.

—Como usted guste, caballero. Buenos días.

Intervención en el Parlamento

Dénes Dénes, famoso diputado conocido por sus importantes propuestas y por sus valiosas interpelaciones de interés público, se preparaba de nuevo para una intervención de gran trascendencia, la cual iba a tener lugar en la reunión del parlamento del día de hoy. Para ello había estado reuniendo datos durante el día de ayer, y en eso se concentraba su mente también hoy, desde que se despertó por la mañana y mientras se tomaba su café con leche en la cama.

Pero —quizás por ello mismo, por tener la mente así de llena del asunto— el representante de la provincia de Csenger de alguna manera trastrocó el orden de los acontecimientos. En vez de comenzar por bañarse, pronunció su propuesta de ley para combatir la sequía no en el parlamento, sino en el baño de su casa, frente a su esposa y sus dos hijos varones, estudiantes de bachillerato. Su familia se manifestó de acuerdo con la propuesta.

En cambio, en el parlamento, donde le tocó ser el tercer orador de la sesión, subió al estrado y, en vez de pronunciar el discurso que prometía un futuro mejor a su provincia perennemente afectada por la sequía, se limitó a tomar un baño caliente. Se sumergió en la bañera, se enjabonó las orejas, el cuello, las axilas y la parte inferior del cuerpo, y luego —después de ducharse y secarse— se volvió a sentar en el escaño que ya tradicionalmente le correspondía al representante de la provincia de Csenger.

Su propuesta, tras una breve discusión, durante la cual intervino también el ministro responsable del asunto, fue aprobada por unanimidad y, de esta manera, adquirió rango de ley. (Agencia de Noticias Húngara.)

Destino

En algún lugar de la Gran Llanura húngara, en un pequeño caserío, vivía pacíficamente una familia: el padre, la madre y dos niños, todos grandes consumidores de pastelillos salados. Cuando la mamá tenía tiempo y quería darle gusto a la familia, horneaba para ellos una gran bandeja de *pogácsás*.[1]

Pasó una vez que en lugar de hacerlo con harina, amasó la pasta con un venenoso producto insecticida. Su sabor no era malo, así que comieron una gran cantidad, y por la mañana se murieron los cuatro, el padre, la madre y los dos niños.

Al cuarto día los enterraron, y luego se reunieron todos los parientes y los vecinos cercanos y lejanos, tal como es debido, para celebrar el banquete mortuorio. Tomaron vino de la región y comieron de las *pogácsás* que habían quedado. Luego estiraron la pata, todos ellos, tantos como los que se habían reunido.

A los del servicio de ambulancia —el médico, los dos camilleros y el chófer— ya no les quedó trabajo por hacer. Meneando la cabeza, caminaron alrededor de esa gran cantidad de muertos y, antes de marcharse, comieron algunas *pogácsás* y tomaron un poco de vino.

Menos el chófer. Vino no podía tomar, porque tenía que conducir, y las *pogácsás* no le gustaban. Pero envolvió en papel periódico las que aún quedaban en la bandeja, para evitar que se perdiesen, y colocó el paquete en el asiento. «Se las regalaré a alguien», pensó.

¡Y ahora las está llevando!

---

1. Pastelillos salados típicos húngaros. En muchos cuentos populares el héroe sale al mundo con una gran ración de *pogácsás*, horneadas por la madre para el viaje. *(N. de la T.)*

Balada acerca del poder de la poesía

En el bulevar había una cabina telefónica. Su puerta se abría y se cerraba con frecuencia. Las personas que entraban discutían sobre asuntos de diversa índole, llamaban al Instituto de Vivienda, concertaban citas, le pedían dinero prestado a los amigos o atormentaban con sus celos a sus amantes. Una vez una mujer ya entrada en años, después de colocar en su sitio el auricular, se apoyó en el aparato y lloró. Pero casos como ése sólo sucedían raras veces.

Una tarde de verano iluminada por el sol entró el poeta en la cabina. Llamó por teléfono a un jefe de redacción y le dijo:

—¡Ya tengo los últimos cuatro versos!

Tomó un sucio trozo de papel y en voz alta leyó los cuatro versos.

—¡Ay, qué deprimente! —dijo el jefe de redacción—. Reescríbelo de nuevo, de un modo más risueño.

El poeta argumentó en vano. Luego colgó el auricular y se marchó.

Por un rato no vino nadie, la cabina se mantuvo vacía. Luego llegó una mujer de edad madura, notablemente gorda, con pechos de un considerable tamaño, vestida con un traje de verano en el que se dibujaban grandes flores. Trató de entrar en la cabina.

La puerta resultó difícil de abrir. Al principio pareció que no podría abrirse, pero luego de golpe lo hizo con tanta fuerza que lanzó a la mujer hacia la calle. Y al próximo intento respondió de tal manera que eso ya podía considerarse como una patada. La dama se tambaleó y cayó sobre el buzón de correos.

Los pasajeros que esperaban el autobús se agruparon en el lugar. De entre ellos se destacó un hombre de aspecto enérgico, con un maletín ejecutivo en la mano. Intentó entrar en la cabina, pero la puerta le propinó tal golpe, que cayó cuan largo era sobre el pavimento. Más y más gente se fue reuniendo, haciendo comentarios sobre la cabina, sobre el correo y sobre la dama de las grandes flores. Algunos creían saber que la puerta tenía corriente de alta tensión; según otros, en cambio, la dama de las grandes flores y su cómplice habían querido robar las monedas del aparato, pero fueron atrapados a tiempo. La cabina se estuvo un rato escuchando en silencio estas suposiciones carentes de toda lógica, luego se dio vuelta y, con pasos tranquilos, se puso en marcha por la avenida Rákóczi. Como en la esquina la luz del semáforo justo estaba en rojo, se detuvo y esperó.

La gente la siguió con la mirada, pero nadie dijo nada, puesto que entre nosotros nadie se sorprende de nada, quizás sólo de las cosas más naturales. El autobús llegó, se llevó a los pasajeros, y la cabina se paseó alegremente a lo largo de la avenida Rákóczi, en esa soleada tarde de verano.

Se entretuvo mirando las vidrieras. Se quedó un buen rato frente a una floristería y algunos la vieron entrar en una librería, aunque es posible que la hayan confundido con alguien. En un bar de una calle lateral se tomó de un trago una copita de ron, luego se paseó por la orilla del Danubio y después se dirigió a la isla de Margit. Entre los escombros del antiguo convento vio a otra cabina telefónica. Siguió caminando, pero luego regresó, cruzó al otro lado y, discretamente, pero con insistencia, empezó a coquetear con la cabina de enfrente. Más tarde, cuando ya estaba oscureciendo, se metió en medio de un parterre, entre las rosas.

Lo que sucedió o dejó de suceder durante la noche, ahí entre los escombros, eso no se pudo averiguar, ya que en la isla el alumbrado público es deficiente. Pero al día siguiente los transeúntes que pasaron temprano por el lugar, notaron que sobre la cabina que estaba delante de los escombros habían lanzado gran cantidad de rosas, rojas como la sangre. Durante todo el día por el teléfono sólo pudieron realizarse llamadas equivocadas. De la otra cabina no quedaba ni rastro.

Al amanecer había abandonado la isla y había cruzado hacia Buda. Subió al monte Gellért y desde ahí ascendió, atravesando colinas y valles, hasta la cima del monte de las Tres Fronteras, para luego descender por el otro lado y seguir camino por la carretera. Nunca más se la volvió a ver en Budapest.

Fuera de la ciudad, más allá de las más lejanas casas de valle Fresco, aunque más acá del municipio de Nagykovács, hay una pradera cubierta de flores silvestres. Es tan pequeña que hasta un niño chico puede correr a su alrededor sin sofocarse, y vive tan oculta en medio de los árboles de altos troncos como una gota de agua. Es tan pequeña que no vale la pena ni siquiera segarla; de manera que ya a mediados del verano las hierbas, los matorrales y las flores alcanzan allí una altura que puede llegar hasta la cintura de la gente. Éste es el lugar en el que acampó la cabina.

Los excursionistas que vienen los domingos se alegran mucho cuando la ven. Algunos sienten ganas de tomarle el pelo a alguien que todavía esté durmiendo el sueño de los justos, o se les ocurre llamar a casa para que coloquen debajo del felpudo la llave que se les ha olvidado. Entran en la cabina —la cual se ha ladeado un poco sobre el suave terreno— y, mientras por la puerta se inclinan hacia dentro las flores silvestres de largo tallo, levantan el auricular.

Pero el aparato no tiene línea. En su lugar sólo se escuchan cuatro versos, tan bajito como si sonaran en un violín con sordina...

El aparato no devuelve las monedas que han sido introducidas, pero hasta ahora nadie ha reclamado por ello.

Aviso clasificado

Nostalgia eterna

Cambio urgentemente, incluso pagando un recargo, mi apartamento de dos habitaciones y anexo, equipado con cocina empotrada, situado en un quinto piso en la plaza Joliot-Curie, con vista a la montaña Sas, por un apartamento de dos habitaciones y anexo, equipado con cocina empotrada, situado en un quinto piso en la plaza Joliot-Curie, con vista a la montaña Sas.

Noticia

El minero Márton Haris se encontraba fumando en la cama, en su apartamento de Borsodbánya. Tras terminar su cigarrillo, apagó la luz, se volvió contra la pared y se durmió.

¡Confiemos en el futuro!

Dentro de unos ciento diez o ciento quince años, un bello y soleado día, todas las campanas del país comenzarán a sonar al unísono, inesperadamente. Muchos ni lo tomarán en cuenta, aunque ese tañido será el anuncio de grandes transformaciones. Para ese entonces en Visegrád se habrá reconstruido el palacio real de antaño, con una pompa nunca vista, con gigantescos salones y jardines colgantes. En el festival de inauguración —eso será lo que indicarán los tañidos de las campanas— a algunos ancianos se les llenarán los ojos de lágrimas. Realmente ése será el momento, ese momento tan grande que en justicia ya tenía que llegar, en el cual finalizará la larga serie de malas rachas que dura desde hace mil años.

Visegrád ya no será en ese entonces la sede de este minúsculo país, sino la de la República Húngara del Danubio,[1] cuyas costas serán bañadas por cuatro o cinco mares diferentes. Esa república será llamada del Danubio para no confundirla con otra, la República Húngara del Bajo Rhin. Este último tampoco en ese entonces será habitado por húngaros, sino por bajorhinenses de ropa desgastada y raída, los cuales sólo habrán tomado el nombre de húngaros por cábala.

¡No se puede ni describir qué bueno será entonces ser húngaro! Quizás baste con señalar que la palabra «húngaro» —en breves cien-

---

1. Hungría perdió una inmensa porción de territorio después de la primera guerra mundial, a raíz del Tratado de Versalles. Los gobiernos proalemanes posteriores no tramitaron ninguna reclamación, y los comunistas tampoco, debido a que de todas maneras se trataba de «pueblos hermanos», de comunidades socialistas iguales. Hungría no tiene salida al mar. (*N. de la T.*)

to quince años— se transformará en verbo, el cual se incorporará a toda lengua viva, en cada caso con un significado agradable. «Hungarizar», en francés, por ejemplo, significará tanto como: «estoy hecho una cuba». En español: «encontrar dinero en la calle, agacharse por él»; en catalán: «Me inclino con ligereza, desde que me curé de mi atormentante lumbago». Y si alguien en Londres dice: *I am going hungarizing* (o sea, textualmente, «voy a hungarizar»), eso significa: «Voy hacia esa divina mujer, a la que ves ahí, ahora voy para allá, le hablo, la abrazo, me la llevo a casa y...» (aquí sigue una fea palabra). Otro ejemplo: «Yo hungarizo, tú hungarizas, él hungariza», en siete lenguas civilizadas (noruego, griego, búlgaro, vasco, etc.) significará: «Como (comes, come) un crujiente pato asado, con ensalada de pepinos de la temporada, mientras Yehudi Menuhin me toca al oído la canción popular húngara *Sólo una muchacha*».

Más aún: «Mamá, ¿puedo ir a hungarizar?», «¡Ve a hungarizar!» en letón significará que el niño pide permiso para ir al cine, y su madre, después de titubear un poco, se lo concede, aunque la película sólo puede ser vista por mayores de dieciocho años.

¡Pero dejemos al extranjero! También aquí en el país muchas cosas serán denominadas de otra manera. Por ejemplo, en lugar de «vainilla», que es una palabra de otra lengua, pasará al conocimiento público la palabra «guerra», término que habrá perdido su antiguo significado. En la confitería de Visegrád, por lo tanto, encima del mostrador de los helados lo que se encontrará escrito será:

Fresa
Ponche
Guerra
Chocolate

Así viviremos. Mientras tanto, habrá que soportar este par de años.

113

In our time

—Quiero un café doble —dijo la joven señora.

—¿Y el señor? —preguntó la camarera.

—¿Qué tomaré? —reflexionó el hombre. Miró a la muchacha, que esperaba el pedido con una sonrisa fresca, casi infantil—. ¿No importa si pido algo especial?

—No hay ningún problema. Aunque aquí, en las afueras, no es muy grande la variedad.

—No estoy pensando en ninguna exquisitez.

—Escúcheme —dijo la mujer que lo acompañaba—. Si va a empezar otra vez con sus excentricidades, me voy a casa.

Cada dos o tres semanas se tomaban un café, siempre en la misma pequeña confitería de Buda, no lejos del garaje, debajo de los castaños.

—Mire, Alicita. Usted pidió un café negro. Permítame que también yo ordene lo que yo quiera.

Se volvió hacia la camarera:

—El único problema es que ahora, de repente, no me acuerdo del nombre de lo que quiero pedir. Es una bebida oscura.

—¿Alcohólica?

—No, no. Si me acuerdo bien, la traen en una tacita. Y creo que muy caliente. Así que no es una bebida alcohólica.

—Me temo que de eso no tenemos.

—No puedo creerlo —dijo el hombre—. ¿No podríamos preguntarle a la compañera encargada?

—Por supuesto que sí. Pero le advierto que yo tengo aquí ya cinco años trabajando —dijo la camarera, y se alejó, presurosa.

—Empiezo a estar hasta la coronilla con su comportamiento —dijo furiosa la joven señora. No le gustaba llamar la atención. Cuando viajaba en autobús siempre se volvía hacia la ventanilla. No se atrevía ni siquiera a cambiar los zapatos que le quedaban apretados—. Si no acaba con esto, me voy a casa.

—Ni siquiera me ha contado todavía de Yugoslavia.

—En estas condiciones no puedo contar nada.

La señorita ya estaba de vuelta. De lejos se notaba su sonrisa.

—La compañera encargada quiere saber si la bebida no sería de color marrón claro.

—No, se lo aseguro. Más bien era casi negra.

—¿Y dónde la consumió la última vez?

—En el Gerbeaud.

—¡Ya nos lo imaginamos! —se rió con gusto la camarera. Claro, el Gerbeaud es de una categoría de lujo, fuera de clasificación. Y nosotros, tenga la bondad de mirar el tablero, somos una confitería de segunda clase.

—¡Espere un momento! —dijo el hombre—. Ahora me acuerdo que la traían junto con una cucharilla. Y otra cosa. En el platillo venían unos pequeños dados, unos terrones blancos.

—¿Dados? —lo miró la mesonera. Luego empezó a reírse—. Llevo cinco años aquí, pero una exigencia como ésta nunca ha habido. ¡Dados! —siguió riéndose.

—¿No podríamos preguntarle a la compañera encargada?

La camarera se fue, pero desde la puerta se volvió para mirarlo, se tapó la boca con la mano y continuó riéndose.

—¿Sólo se siente feliz si se ocupan de usted? —preguntó furiosa la joven señora.

—De ninguna manera, Alicita. No me siento feliz ni entonces. A ver, cuénteme, ¿cómo es el Bled?

—No haga como si le interesara el Bled. Más bien vea lo que ha hecho.

Ahí venía la señorita. Tras de ella, seca, enjuta, de anteojos, la encargada. En la mano traía una obra poco conocida de Hemingway. (*In our time*, algo así como «La época en la que vivimos».)

—He oído el problema —dijo con cortesía.

—Por favor, no le dé mayor importancia —dijo el hombre.

—Nos gusta atender bien a nuestros clientes. ¿De qué naturaleza eran esos dados?

—Si me acuerdo bien, eran blancos. Y relativamente pequeños. Las dos mujeres se miraron la una a la otra. La camarera, que ahora no se atrevía a reír abiertamente, disimuló una risita. En cambio, la encargada se mantuvo muy seria.

—Es lamentable, pero ¿qué puedo hacer? Nosotros no tenemos ningún tipo de dados.

—No tiene importancia —dijo el hombre.

—Y tampoco conozco la bebida en cuestión.

—Qué le vamos a hacer —hizo un gesto con la mano el hombre—. Entonces voy a pedir un café doble yo también.

Muchas veces nos entendemos bien en los asuntos complejos, y no en cuestiones más simples

—Buenos días. ¿Se pueden alquilar aquí colchonetas de goma inflables?

—¿Qué dice?

—¿No estoy en el sitio indicado? Me dijeron que en esta caseta verde se encuentra el establecimiento playero del Ministerio de Comercio Interior.

—Éste es el establecimiento playero del Ministerio de Comercio Interior. Pero nosotros sólo alquilamos hamacas, esquís acuáticos y colchonetas de goma inflables.

—Excelente. Nosotros necesitaríamos dos colchonetas de goma.

—No le entiendo ni una palabra. *Sprechen Sie deutsch?*

—*Nicht deutsch.*

—Sé un poco de francés. *Vu sprechen francé?*

—*Nicht francé.*

—Entonces ¿en qué idioma se puede hablar con usted?

—Lamentablemente sólo en húngaro.

—Qué gracioso. ¿Entonces por qué no habla en húngaro?

—¿Y cómo estoy hablando? Soy húngaro, nací húngaro, hablo exclusivamente en húngaro. ¿Cuánto cuesta el alquiler de las colchonetas de goma?

—Mire, no trate de enredarme con esa perorata. Estoy cursando el tercer año de Filosofía e Historia y vine a ganar algo de dinero en las vacaciones de verano.

—Hizo bien.

—Trabajo medio día y voy a la playa medio día. Y si le interesa, mi novio está ahí tomando sol y forma parte de la selección nacional de pentatlón.

—¿Por qué lo dice con ese tono de burla?

—Porque aquí sólo se pueden alquilar hamacas, esquís acuáticos y colchonetas inflables de goma. Si tiene segundas intenciones, se equivocó de dirección.

—No tengo segundas intenciones. Créame, sólo quiero alquilar dos colchonetas inflables de goma.

—*Bei uns ist volkommene Glaubensfreiheit.*

—Ahora ¿qué dijo?

—Que entre nosotros hay libertad de cultos. Los extranjeros suelen preguntar si los domingos se puede asistir a misa.

—Óigame, usted ha estudiado lógica. Tratemos de dialogar lógicamente.

—¡En qué idioma tan extraño habla! En húngaro también lo decimos así: lógica.

—Ya que salió a relucir la libertad de cultos... ¿Podría preguntarle si cree en Dios?

—Sólo tal como lo concibe Kierkegaard: en la plenitud. ¿Entiende a qué me refiero?

—Aproximadamente. Es como si alguien flotara sobre un abismo de 70 000 pies y aún así pudiese ser feliz... ¿Ha leído a Teilhard de Chardin?

—No era obligatorio, pero leí dos de sus libros en alemán.

—¿Y qué opina?

—Al principio quedé como desmayada. Dije, mis amigos, he aquí el genio moderno... Pero después, justo en la cuestión decisiva, cuando comienza a equiparar la religión y la ciencia, se descarrila en grado absoluto.

—Qué interesante. Básicamente yo pienso lo mismo. Pero si estamos tan de acuerdo, ¿por qué no podemos entendernos en cuanto a esa tontería de las colchonetas de goma?

—*Vulé vu alquilar kelkchós?*

—Anda, pues. Y sin embargo, ambos somos capaces de pensar de una forma inteligente. Voy a proponer algo: reduzcamos el círculo. ¿Qué opinaría si pidiera dos hamacas?

—Estamos para servirle. Las hay con sombrilla y sin sombrilla.

—Correcto. Y ahora: ¿qué tal los esquís acuáticos?

—Los tenemos en tres medidas. ¿Cuál puedo ofrecerle?

—Ninguno. Porque lo que yo quiero son dos colchonetas de goma.

—¿Dos qué?

—Es extraño. Parece que esta única palabra no la podemos entender.

—¿Qué palabra?

—Compuesta. Colchoneta más goma. ¿Conoce la goma? ¿La goma de borrar? ¿Los neumáticos de los automóviles?

—Claro.

—¿Las colchonetas también?

—No soy imbécil.

—Entonces sumemos las dos. Déme dos colchonetas de goma.

—Debe haber algún error. Aquí sólo se pueden alquilar hamacas, esquís acuáticos y colchonetas de goma.

—Discúlpeme, señorita.

—No hay de qué.

—Hasta la vista.

—Que le vaya bien.

Conflictos de identidad de un tulipán

¿Quién lo hubiera imaginado? Nunca se quejó, gozaba de buena salud, y su bulbo llevaba ya siete años echando flores, allá en la ventana del maestro jubilado. Precisamente ahora había estado floreciendo, la noche anterior todavía había esparcido bastante polen sobre su pistilo, y luego se pasó toda la noche durmiendo plácidamente. A las cinco de la madrugada —las flores se levantan temprano— se lanzó a la calle desde la ventana del cuarto piso.

La indagación policial partió del supuesto de que alguien lo había empujado con intenciones criminales. El maestro y su esposa fueron interrogados, pero rechazaron la acusación. Todo lo contrario, dijeron, ellos lo regaban, lo querían, y lo habían llorado amargamente. El teniente coronel que vivía debajo de ellos confirmó su declaración. Un par de días después la investigación fue suspendida.

El tulipán suicida había sido de color rojo púrpura, de carácter poco comunicativo; más bien vivía sólo para sí mismo, tal como afirmaron los vecinos, de manera que no era probable que hubiese sufrido un desengaño o una conmoción. ¿Por qué decidió, entonces, abandonar la vida?

Esto sólo se aclaró una semana más tarde, cuando la esposa del teniente coronel hizo limpieza general y encontró en su balcón la carta de despedida del tulipán. Subió con ella al cuarto piso, donde el maestro leyó en voz alta las líneas escritas con letras desordenadas.

«Cuando leáis esta carta, yo ya habré dejado de existir. Querido señor maestro, querida señora Irma, os ruego que me perdonéis. No me queda otra alternativa. No quiero seguir siendo tulipán».

—¿Qué hubiera querido ser el pobrecillo? —preguntó la señora Irma.

—Acerca de eso no dejó dicho nada —contestó el maestro jubilado.

—¡Un tulipán! —dijo la señora Irma meneando la cabeza—. En mi vida he oído semejante cosa.

Espacio limitado

Nuestros hijos

Había una vez una pobre viuda que tenía dos hijos varones, dos apuestos jóvenes. Uno de ellos, el mayor, se fue a trabajar a un barco, cuyo primer viaje concluyó directamente en el fondo del océano Pacífico. Lo que le pasó, o dejó de pasarle, no quedó quien lo contase, se esfumó en el mar.

El menor permaneció en casa. Pero un día, cuando su madre lo envió a comprar un remedio contra las lombrices (a la botica, que quedaba siete casas más allá), no regresó más al hogar. También de él se perdió toda huella para siempre.

Éste es un hecho real. Pero en los cuentos las viudas suelen tener tres hijos varones. Y siempre es el tercero el que triunfa.

Supervivencia

Durante un gran juicio político, en el cual figuró en calidad de acusado de cuarto orden, fue condenado a prisión perpetua; de este período estuvo en la cárcel seis años, aislado e inocente. La cárcel afectó a todos sus compañeros, a cada quien en su punto más vulnerable: a unos en el corazón, a otros en los pulmones, a otros más en su equilibrio psíquico.

Él, con su extremadamente sensible sistema nervioso, en la sexta semana sufrió una crisis de llanto. Pero al echarse sobre la mesa, se dio cuenta de que en la superficie había una hormiga. Ante este hecho hasta se olvidó de llorar.

La contempló luchar con una mínima miga de pan. Empujó la miga con la punta de una uña, cada vez más y más lejos. Esa mañana transcurrió con la ocupación de hacer pasear a la hormiga alrededor del tablero de la mesa.

Durante la noche la encerró en un frasco de medicinas vacío, y al día siguiente la hizo trepar hasta la parte alta de un fósforo. Pronto se dio cuenta de que el animalito era mucho más fácil de entrenar con un filamento de carne que con las migas. Para finales del octavo mes logró acostumbrarla a columpiarse sobre dos fósforos colocados en cruz. Por supuesto, a ese titubeante ir y venir de un lado a otro sólo con cierta buena voluntad se le podía llamar columpiarse, pero a él hasta ese resultado lo hizo sentirse casi feliz.

Después de cumplir el tercer año, como una concesión especial debida a su buena conducta, le informaron que se le permitiría pedir papel, instrumentos de escritura y libros. Lo rechazó con altivo orgullo, puesto que ya la hormiga podía hacer rodar de un lado a otro un grano de amapola, proveniente del dulce de navidad. Pero a él ni siquiera ese número lo satisfacía, porque aún podía ser considerado dentro de los límites de la existencia de una hormiga. La *otredad* comenzaría si pudiera hacerla erguirse en dos patas... Ello le llevó dieciocho meses, pero al final lo logró.

Después de otro año y medio le hicieron saber, discretamente, que pronto sería rehabilitado y puesto en libertad. Para ese entonces estuvo listo su gran espectáculo: la hormiga, de pie, lanzaba hacia lo alto el grano de amapola, y luego lo atrapaba. De manera que podía decirse de ella —otra vez con un poco de buena voluntad— que había aprendido a jugar a la pelota.

—Buscad una lupa —les dijo a sus hijos, con una enigmática sonrisa, después de la primera cena en casa—. ¡Tengo una hormiga amaestrada!

—¿Dónde? —preguntó su esposa.

Le dieron vueltas al frasco. Lo miraron con la lupa y lo acercaron a la lámpara, pero todo fue inútil. Lo más extraño era que ya él tampoco la veía.

Albóndiga

Amasamos la carne molida con huevos, pan mojado en leche, sal y pimienta negra. Luego formamos bolas con esta masa, a las que freímos en aceite hirviendo.

¡Atención! Para nosotros, los mamíferos, no es un asunto secundario el que seamos nosotros los que nos dediquemos a moler la carne, o que seamos nosotros los que somos molidos.

Manifiesto que podría pasar por un suspiro,
dirigido a un trozo de hierro
de destino desconocido, el cual,
a lo largo de las tormentas de la historia,
se ocultó silenciosamente en un baulito
repleto de trastos, ya que ni mi abuelo,
ni mi padre, ni yo tuvimos el valor
de tirarlo a la basura, y el que venga detrás
de mí tampoco lo tendrá

—Me sobrevivirás, pedazo de cosa.

Sello

Amor propio profesional

¡Yo estoy hecho de un material duro!

Tengo suficiente autocontrol.

No se me notaba nada, aunque estaba en juego el disciplinado trabajo de largos años, el reconocimiento de mi talento, todo mi futuro.

—Mi arte tiene que ver con los animales —dije.

—¿Qué sabe hacer?

—Imito sonidos de aves.

—Lamentablemente —dijo, displicente—, eso ya ha pasado de moda.

—¿Cómo? ¿El arrullo de la tórtola? ¿El silbido del gorrión de campo? ¿El piar de la codorniz? ¿El chillido de la gaviota? ¿El canto del ruiseñor?

—*Demodé* —dijo el director, aburrido.

Eso me dolió. Pero creo que no se me notó nada.

—Hasta la vista —dije cortésmente, y salí volando por la ventana abierta.

El judío errante

Dos judíos van por la calle.
Uno le pregunta algo al otro.
El otro le contesta.
Mientras tanto siguen caminando.
El primero, a quien mientras tanto se le ha ocurrido una nueva
pregunta, la formula.
El otro contesta algo.
A veces es posible reírse de ello.
Otras no es posible reírse.
Y ellos siguen caminando.
Siguen conversando.
Es un asunto difícil éste.

Gli ungheresi

El helado fue inventado por un pastelero de Catania, de nombre Ugo Ricardo Salvatore Giulio Girolamo B. La fecha exacta del invento es todavía objeto de discusión, pero no merece la pena que perdamos el tiempo ahora con ello. Fue aproximadamente en la misma época en que se inventó la imprenta. Ugo no sólo inventó el helado, sino también el barquillo y el cochecito de ruedas correspondiente. (Esto es lo correcto. No es posible imaginarse, por ejemplo, que Irinyi hubiera inventado solamente el fósforo y alguna otra persona la cajetilla. O que Erlich hubiera inventado el Salvarsán y algún otro la sífilis. Nada de eso es posible.) Luego de perfeccionar de esta manera su invento, se puso en marcha para darlo a conocer al mundo.

Recorrió la Lodomeria y la Besarabia, el Tirol, la Cochinchina, Brandenburgo y la capitanía de Vend. Uno puede imaginarse la recepción de que era objeto en cada sitio, pero describirlo es imposible. Apenas llegaba con su cochecito, se reunían grandes y pequeños a su alrededor y, sujetando sus monedas en el puño y con la boca haciéndoseles agua, esperaban con el corazón palpitante sus helados de frambuesa, fresa, chocolate, limón o pistacho. Ugo daba a cada cual lo que éste le pedía y, para evitarle a sus clientes el tener que emprender experimentos innecesarios, les enseñaba que al helado había que lamerlo, simplemente.

En todas partes lo recibían gritos de alegría y su partida era vista con tristeza. Esperaban con ansiedad su regreso.

Un buen día llegó a Hungría (en italiano: *Ungheria*). Pero precisamente en ese entonces el rey había fijado un nuevo impuesto sobre la sal y nadie en el país, ni grandes ni pequeños, quería saber nada más que del impuesto sobre la sal, hecho que ya de por sí hirió la sensibilidad de Ugo. Su tristeza lo llevó a colocar unas campanillas en el coche y cuando, por fin, ante el sonido de las campanas, se reunió un pequeño grupo a su alrededor, les enseñó, apasionado y afanoso, su helado.

Pero los húngaros (en italiano: *gli ungheresi*) no le hicieron ningún caso. No se daban cuenta del sofocante calor del verano, de manera que no les apetecía refrescarse, ya que su cabeza estaba llena del impuesto sobre la sal (incluso la de aquellos a quienes el médico había prohibido la sal). De nada valió que Ugo les explicara que mientras tanto podían pensar en lo que quisiesen, ya que al helado bastaba simplemente con lamerlo, ellos le contestaron que gracias, ellos siempre tenían algo que lamer. Pero, contestó Ugo, mortalmente ofendido por esta indiferencia, cada uno de los helados tenía un sabor diferente. Para ellos, contestaron entonces estos húngaros de cabeza de alcornoque, era suficiente ponerse a chupar sus cinco dedos, porque cada cual sabía distinto. Cuando Ugo quiso seguir defendiendo sus razones, le lanzaron excremento de caballo, en la creencia de que *gelatto* (es decir, «helado») en esa endemoniada lengua quería decir «¡viva el impuesto sobre la sal!». Afirmación que no podían aceptar así sin más.

El pobre Ugo, destrozado física y moralmente, pudo aún empujar su cochecito hasta el condado de Zara, pero desde ahí ya fue necesario trasladarlo en barco, de vuelta a su patria. En su lecho de muerte, rodeado de los vendedores de helado italianos, no pudo decir más que esto:

—*Gli ungheresi... gli ungheresi...*

Y entregó su alma.

Los trillizos de Óbuda

Noticia de prensa

Un acontecimiento de trascendencia mundial tuvo lugar en el Servicio de Obstetricia del Hospital de Óbuda. Una mujer de limpieza, trabajadora de una fábrica, sin ninguna preparación previa, dio a luz trillizos, los cuales, además, estaban unidos por los hombros. De esta manera hemos superado el sensacional hecho del siglo pasado, el de los gemelos de Siam, los cuales sólo eran dos; en cambio, los de Óbuda, para eterna gloria de las madres húngaras, son tres. El hospital fue prácticamente asaltado por los curiosos. Colmaron con flores, regalos y buenos deseos a la madre, la cual —junto a sus hijos— goza de excelente salud.

Televisión

En ocasión del nacimiento de los trillizos de Óbuda, la televisión interrumpió sus transmisiones para informar de la noticia a su público. Luego mostró las obras hidráulicas de Óbuda, así como el detector de aguas negras de la misma región, cuya construcción transcurre sin contratiempos.

El locutor llamó repetidas veces la atención de los espectadores para evitar explosiones desenfrenadas de alegría, y pidió a la población del país mantener la tranquilidad.

Declaración

A todos aquellos que con motivo del nacimiento de mis tres hijos siameses me desearon buena suerte, o me hicieron llegar algún regalo, deseo expresar por este medio mi sincero agradecimiento. Señora de Lajos Firbejsz.

Opinión profesional médica

El nacimiento de los llamados «trillizos de Óbuda» ha dado lugar a muchos comentarios. A veces se habla hasta de cuatro niños o más. En oposición a este sensacionalismo de índole nacionalista, nosotros, los trabajadores de Obstetricia, consideramos nuestro deber de ciudadanos aclarar los hechos. Ciertamente vinieron al mundo tres niños unidos entre sí, pero ello no es un hecho tan trascendente, puede suceder también en la Unión Soviética o en algún otro país socialista. Hay que imaginárselos como cuando en un juego de cartas uno tiene en sus manos tres comodines, con la diferencia de que estos están unidos entre sí. Por lo demás, en el Servicio de Obstetricia nadie estimuló a la madre para provocar un nacimiento tan extravagante.

Declaración del gobierno

Fuentes competentes establecieron que las noticias relativas a los trillizos de Óbuda fueron exageradas maliciosamente. La comisión nombrada por el gobierno ha llegado a la conclusión de que en Óbuda no nacieron trillizos, sino un niño varón normal, a cuyo hombro se encuentra pegado la mitad de otro niño varón normal. En todo ello no hay nada de extraordinario, de manera que la política del gobierno no se modificará, continuaremos construyendo la autopista Budapest-Viena y nos mantendremos fieles a nuestros aliados.

Conversación amistosa

La Asociación Nacional de Mujeres invitó a la señora de Lajos Firbejsz con el objetivo de aclarar el número de niños varones a los que ella trajo al mundo.

La amena merienda se prolongó hasta las horas nocturnas, ya que la señora Firbejsz —con comprensible parcialidad materna— sólo después de largas explicaciones de índole persuasiva, se mostró dispuesta a admitir que durante toda su vida sufrió de visión doble.

Luego ya fue ella la que se rió con más ganas al constatar que no sólo veía dobles a sus hijos, sino también al monte de Gellért, y que había creído que en Hungría existían dos Asociaciones de Mujeres e, incluso, dos partidos políticos.

Carta a la redacción

Soy madre de niño y medio. ¿Por qué me exigen que compre dos boletos de tranvía, y por qué tengo que adquirir por duplicado los libros del liceo, cuando no tengo dos hijos, sino sólo uno y medio? ¿Y por qué no se fabrican mediobombones de cereza para mi mediohijo, a quien tanto le gustan?

Decisión

Su solicitud de aceptación en la universidad ha sido rechazada, debido a que sus estudios hasta la fecha, así como los resultados del examen de admisión permiten abrigar el temor de que, con sus excepcionales talentos, generará sentimientos de inferioridad en los cursantes promedio, los cuales sólo cuentan con un cerebro.

Comunicado de la policía

Abandonó su residencia de Óbuda, en estado anímico desesperado, sin que hasta el presente haya dado noticias de sí, un hombre de veinte años. Su descripción física: medio ojo: azul; media dentición: completa; cara: semicírculo regular. Señas particulares: le falta la mitad.

Aviso clasificado

Joven de aspecto normal, de mentalidad promedio, que ha sufrido múltiples decepciones tras la pérdida de sus dos hermanos, busca conocer muchacha capaz de corresponder a sentimientos convencionales con sentimientos convencionales. Lema: «Sin nada de escándalo».

Regresó a la Tierra el cohete lunar húngaro

Conversación con los dos viajeros

1

—Me alegro de poder saludarlo tras esta extraordinaria hazaña, aquí en el embanderado restaurante de la estación de Kelenföld.

—También yo me alegro de poder estar aquí.

—Todos sienten curiosidad por saber de usted. Cuéntenos algo sobre sí mismo.

—¿Qué podría contar? Soy como cualquier otro.

—Usted es demasiado modesto.

—No acostumbro menospreciar mis propias capacidades. Me escogieron de entre cincuenta mil personas que se presentaron, aunque tengo la presión alta y sufro de agorafobia.

—¿Cómo sucedió eso?

—Trabajé en distintos lugares, en cargos importantes, y de todas partes enviaron las más calurosas recomendaciones a la comisión seleccionadora.

—Cítenos alguna.

—Desde el Centro de Formación de Comadronas Adél Frühauf, del distrito VII, donde tuve mi más reciente trabajo, el Departamento de Personal escribió: «Posee cualidades en la formación de comadronas que lo hacen adecuado también para los viajes interplanetarios».

—Usted realmente debe de ser muy talentoso. Con seguridad deseó volar a la Luna desde su más temprana juventud.

—Debo confesar que semejante idea ni se me pasó por la cabeza.

—¿Qué le hubiera gustado hacer, entonces?

139

—Exclusivamente sacar topos de su madriguera.

—¿Topos? ¿Con qué objetivo?

—Porque sí. Me gusta la sopa de topo.

—¿Entonces cómo recayó en usted la elección?

—Eso no lo sé. Justo estaba en tratamiento en el hospital Rókus, con una grave úlcera estomacal, cuando una delegación de científicos se acercó a mi cama: «Reciba nuestros parabienes, camarada. Será a usted a quien dispararemos a la Luna». ¿Qué puede uno decir ante esto?

—¿Usted qué dijo?

—Nada, porque tenía metida la sonda estomacal en la boca. Sólo hice algunos gestos.

—¡Ahora cuéntenos algo acerca de la Luna!

—Es un cuerpo celeste que acompaña a la Tierra y que siempre nos muestra la misma cara; por esta razón su otra superficie no es visible desde aquí.

—¿Notó alguna otra cosa?

—¿Qué hubiera podido notar?

—Por ejemplo, si hay vida en la Luna.

—Qué bueno que lo menciona, porque esto seguramente interesará a otras personas también. La superficie de la Luna tiene tantos agujeros, que yo, sacrificando gran parte de mi ración de agua potable, la eché en los huecos, a ver si hacía salir de ellos algún topo.

—¿Y lo consiguió?

—No.

—¿De manera que no hay topos en la Luna?

—No hay.

—¡No seamos inconformes! Ya es de gran importancia el que haya realizado con éxito este gran viaje, y ahora pueda recibir con salud nuestras felicitaciones en la tierra patria.

2

—¡Ah, aquí tenemos al comandante! Señor capitán, ¿tiene un momento para nosotros?

—Sí, con unas cuantas interrupciones, porque regresé del cosmos con un fuerte malestar estomacal.

—Seguramente se deberá al estado de ingravidez.

—Más bien a la cazuela de pescado a la húngara.

—¿También formaba parte de las provisiones?

—No, qué va. Nos convidó con ella una hospitalaria familia.

—¿Qué oigo? ¿Tiene habitantes la Luna? El segundo capitán ni siquiera lo mencionó.

—Mi colega es un excelente cosmonauta, pero el sentido de la observación no es su fuerte. Además, los seres humanos no le interesan, ni siquiera asistió a la cena de sopa de pescado a la húngara. Es más bien amante de los animales.

—¿De manera que viven ahí seres humanos?

—Así es, y además, para mi grata sorpresa, son húngaros que ya se han adaptado bien a las grandes oscilaciones de la temperatura y a otras condiciones locales. Se han curtido ante el frío y, a falta de aire —porque de eso en la Luna no hay— la toman de unas bolsas en las cuales conservan el que han traído del país.

—¡Qué conmovedor! Y aparte de ser húngaros, ¿de qué se ocupan?

—Aparte de ser húngaros no se ocupan de nada más, porque ya eso les llena por completo todo su tiempo.

—¿De nosotros saben algo?

—Prácticamente todo, sólo que con algo de retraso, porque en sus telescopios, debido a la gran distancia, ahora lo que puede observarse es el reinado de Francisco José II.

—¿También usted vio al rey?

—Por un momento, justamente cuando le declaraba la guerra a Serbia. Claro, vistos desde ahí, los objetos no tienen altura. Francisco José también se veía completamente plano, sólo se destacaba su barba. Parecía una peluda moneda de un forint.

—¡Qué interesante! ¿Aprendió algo más, experimentó alguna cosa más en el espacio cósmico?

—Vi muchas cosas magníficas.

—No es de extrañar, si alguien es tan buen observador. ¿Qué fue lo más interesante?

—Para mí la mayor sorpresa fue descubrir que no hay una Luna, sino dos.

—¿Dos? ¿Cómo podemos entender eso? ¿Una detrás de la otra?

—No, qué va. Estrechamente una al lado de la otra, sólo hay un pequeño resquicio entre ellas.

—Resulta incomprensible. Eso no lo ha observado todavía nadie.

—¿No? Entonces debe de ser que me equivoqué.

Centro de información

Comunicado de la Asociación
Protectora de Animales

Como consecuencia de las largas luchas llevadas a cabo bajo nuestra presidencia, finalmente se terminó la construcción de la nueva sección de la Fábrica de Guisados de Conejo y Sopa de Pescado, denominada Apertura de Frascos, la cual comenzó ya su funcionamiento.

En ella las conservas recién terminadas son vueltas a abrir y, a partir de los trozos de conejo o de pescado, extraídos de los respectivos líquidos, se reconstituyen los animales originarios, los cuales, una vez trasladados al lugar en el que fueron capturados, son puestos en libertad.

Manifestamos nuestro agradecimiento a la directiva de la Fábrica de Guisados, la cual, luego de tantos abusos y discusiones, al fin interpreta correctamente los valores del humanismo.

Inventario

Paisaje de colinas (después de un aguacero)
3 nubes en forma de cúmulos
1 lago con peces
1 caseta junto al dique
1 hombre (se inclina por la ventana)
1 grito
1 hilera de álamos
1 camino lleno de barro
Huellas de bicicleta (en el barro)
1 bicicleta femenina
1 grito (más alto que el anterior)
1 par de sandalias
1 falda (flameando al viento, aleteando sobre el portaequipajes
    de la bicicleta)
1 blusa de florecitas
1 trozo de amalgama (en el diente)
1 mujer (joven)
1 grito (más alto aún)
Nuevas huellas de bicicleta
1 ventana que se cierra
Silencio

De cómo estoy

—Buenos días.

—Buenos días.

—¿Cómo está?

—Bien, gracias.

—Y de salud ¿cómo se encuentra?

—No tengo motivos para quejarme.

—Pero ¿por qué arrastra esa cuerda tras de sí?

—¿Cuerda? —pregunto, echando una mirada hacia atrás—. Son mis intestinos.

Un problema menos

1. Descuelga el aparato de la pared.
2. Abre la válvula.
3. Acércate al foco del incendio.
4. Apaga el fuego.
5. Cierra la válvula.
6. Cuelga de nuevo el aparato.

¡Conciudadanos!

A este círculo
que nació con un
pequeño defecto físico

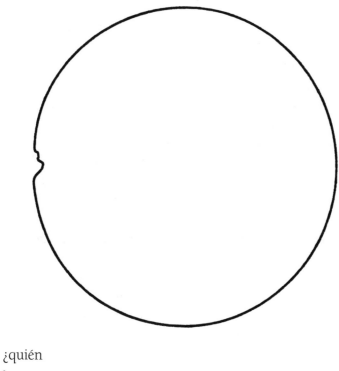

¿quién
lo
consolará?

Tenemos en dónde escoger

La azafata hojeó el libro de los itinerarios aéreos. Se lo sabía al dedillo, lo revisó sólo para mayor seguridad.

—Aquí hay un excelente avión, que parte de Viena y llega a Roma a las 16.10.

—¿Ése es el que va a explotar en la pista de despegue?

—Pues, sí —contestó la azafata.

—Aún hay otro problema —señaló el pasajero—. A esa hora, cuando llegue a la ciudad, ya todas las oficinas estarán cerradas.

—Entonces no haga el trasbordo en Viena sino en Praga. Ese vuelo llegará a Roma a un cuarto para la una.

—Eso ya suena mejor —contestó el pasajero.

—Aunque en Praga tendrá que esperar tres horas por la conexión.

—Vale la pena —dijo el pasajero—. Con el avión de Viena pierdo un día completo.

—Entonces es mejor que vaya con el de Praga. Lamentablemente, ése sale a las siete de la mañana.

—No es algo ideal —dijo el pasajero—. Cuando sé que tengo que levantarme temprano, no pego ojo en toda la noche.

—¿Así que usted en todo caso pierde un día? —lo miró sonriente la azafata—. ¿Entonces con cuál desea viajar?

—Quizás con el de Praga, a pesar de todo —dijo el pasajero—. A la noche me tomaré un somnífero fuerte.

—Espero que sepa —dijo la azafata—, que también con este avión hay un problemita.

—Yo sólo he escuchado que en los Alpes se estrella contra una roca. ¿O no se trata de éste?

—Sí, éste es. Se destroza completamente —dijo la azafata y, entregándole el billete, agregó mecánicamente—: Buen viaje.

Investigación de la opinión pública

Se ha fundado entre nosotros el primer instituto de investigación de la opinión pública del país, el cual ya ha comenzado a funcionar. Solicitamos de la población su comprensivo apoyo. Como muestra publicamos nuestra primera encuesta, la cual se orientó hacia la opinión de la gente acerca del pasado, el presente y el futuro de nuestro país. Para garantizar la fiabilidad de los resultados enviamos el formulario siguiente a 2975 personas de diverso orden, rango, trabajo y religión:

1. Su opinión acerca del régimen actual

a) Bueno.
b) Malo.
c) Ni bueno, ni malo, pero podría ser un poquito mejor.
d) Desea irse a Viena.

2. ¿Percibe usted la soledad del hombre del siglo xx?

a) Es totalmente solitario.
b) Es casi totalmente solitario.
c) Podría decirse que es totalmente solitario.
d) A veces conversa con el conserje.

3. Sus necesidades culturales

a) Va al cine, al fútbol, a la taberna.
b) A veces se asoma a la ventana.
c) Ni siquiera a la ventana se asoma.
d) Le parecen incorrectos los puntos de vista de Mao Ze Dong.

4. ¿Cuál es su formación filosófica?

a) Marxista.
b) Antimarxista.
c) Sólo lee a Jenö Rejtö.[1]
d) Alcohólico.

Resultado

1. En los últimos veinte años todo estuvo la mar de bien.
2. También ahora va todo bien, sólo el bus n.º 19 tarda mucho en pasar.
3. El futuro será aún mejor, siempre y cuando se tomen medidas para que el bus n.º 19 pase más frecuentemente.

(Observación: se han tomado.)

1. Escritor de folletín húngaro. (*N. de la T.*)

153

Teléfono 170-100

Al marcar este número nos comunicamos con la Central de Informaciones Especiales, la cual está capacitada para contestar cualquier pregunta. Cada vez son más las personas que recurren a sus servicios, con preguntas cada vez más difíciles. (¿Tuvo la virgen María la menstruación después de la inmaculada concepción? ¿Les hizo falta el piano a los compositores cuando aún no estaba inventado? ¿Marx y Engels se encontraron por casualidad, o este encuentro ya estaba predeterminado? ¿Podría ser posible que una pareja normal de cebras tenga un potrillo que no sea rayado sino a cuadros? ¡Y hay otras aún más salvajes!)

Han contratado a un gran número de científicos y profesionales y han organizado cerca de ciento veinte colectivos de trabajo, es decir, han creado un verdadero consorcio de genios, ahí en la central telefónica. Se han puesto en contacto con la Santa Sede y con la Royal Academy inglesa. De esta manera están capacitados para responder hasta las más importantes de las preguntas, aunque, como es natural, la administración se ha vuelto más complicada. Pero ello no ha afectado la competencia a la hora de contestar.

Ofrezcamos un sólo ejemplo:

—Disculpe la molestia. Aquí una pelota ha caído sobre un pequeño cocodrilo.

—¿Cuán pequeño?

—Un palmo más o menos.

—Entonces sólo es una lagartija.

Podrías imaginarte que no se ocupan de semejantes nimiedades.

¡Pues claro que sí! La central rápidamente comunica con el grupo de primeros auxilios. Se pone al teléfono un médico, el cual ha recibido ya numerosas condecoraciones por las vidas que ha salvado. Su primera pregunta es:

—¿Vosotros sois también lagartijas?

—No, señor. Somos alumnos del liceo István Primero.

—¿O sea que no sois parientes de la víctima? ¡Bien! Porque no damos diagnósticos a familiares.

—Lo acabamos de conocer. Estábamos jugando fútbol y la pelota cayó sobre ella.

—¿Respira?

—Sí.

—¿Su corazón funciona?

—Su corazón funciona regularmente. El problema es que no se quita de en medio de la cancha.

—Entonces pinchadlo un poco.

Se acercaron. Lo pincharon con una brizna de hierba. Luego informaron de que la lagartija así pinchada se contrajo, pero siguió en el lugar en el que se encontraba.

—Conmoción cerebral, complicada con parálisis de los órganos motrices. Os comunico con Neurología.

Ya prácticamente vemos cómo el neurólogo hace un gesto con la mano y dice: matadlo de un sólo golpe… Pero no fue eso lo que sucedió. Tras una larga reflexión, preguntó:

—¿En qué confiáis más? ¿En el tratamiento clásico o en el psicoanalítico?

—Quizás en eso segundo que mencionó.

Una fresca y amable voz femenina ofrece pura confianza: el caso no es grave, es fácil de curar. Se trata de que el paciente, desde su infancia, sufría de un fuerte complejo de inferioridad, y el nuevo trauma (es decir, la pelota que cayó sobre su cabeza) borró de su conciencia todo lo que a sí mismo se refería. No puede moverse porque no sabe que es una lagartija. De manera que esto es lo que hay que hacer consciente dentro de él.

—Entonces, ¿qué tenemos que hacer?

—Explicarle que es una lagartija.

—¡Pero no entiende la lengua humana!

—Entonces este caso no es de mi competencia.

—Entonces, ¿de quién?

—Hay aquí un grupo de lingüística que se ocupa exclusivamente del habla de los reptiles. Pero puedo comunicaros también con el colectivo de trabajo de filosofía... ¿Queréis hablar con Dios?

Pues claro que querían. La analista de voz fresca les explicó que tres veces a la semana (lunes, miércoles y viernes) prestaban servicio a los materialistas, los otros días a los creyentes en un dios o en varios, a los budistas zen y a los existencialistas. Prometer, dijo, en verdad no prometía nada, pero, milagro de los milagros, apenas los comunicó, el propio Dios atendió el teléfono.

—¿Qué queréis? ¿Que resucite a la pequeña lagartija? —preguntó.

—Quizás eso sería lo más sencillo.

—Bueno, está bien —dijo Dios—. Regresad a jugar fútbol.

Regresaron. Miraron a su alrededor. ¡La lagartija no estaba en ninguna parte! Pudieron seguir jugando tranquilamente. (Así, y lo mencionamos sólo de pasada, con esto el 170-100 le puso punto final a esa discusión de siglos, acerca de si Dios existe o no.) ¡Con tanta responsabilidad, eficiencia y precisión trabaja la Central de Informaciones Especiales! Es decir, digamos mejor: trabajaba.

¡Desdichado país! Si algo sale bien, enseguida aparecen los perturbadores, los criticones, los bromistas. Una buena pieza de esta clase llamó un día al 170-100 y preguntó:

—¿Cómo está la cosa?

A la Central se le cortó la respiración. No supo a quien recurrir: ¿quién puede saber eso? Se conectó con una extensión y con otra, pero de ninguna parte obtuvo una respuesta coherente, hasta que ella misma se enredó por completo. Al final ya sólo se escuchaban unos lamentables traqueteos y crujidos desde el aparato... A partir de ese momento la Central de Informaciones Especiales ha languidecido y se ha atrofiado, y hoy en día es ya incapaz de responder ni a la más simple de las preguntas.

Si alguien quiere saber qué hora es, contesta con voz temblorosa:

—Lo ignoramos.

Los pobres, han perdido la confianza en sí mismos.

Aún lo preguntó

EL MATEMÁTICO.—¿En tu opinión cuál es la probabilidad estadística para que este Fiat, por ejemplo, aparentemente perfecto, se quede sin frenos, se precipite sobre la acera y arrolle a algún peatón?

EL CORREDOR DE MARATÓN.— Hace un momento todavía veía con toda claridad la cinta de la meta. ¿Tendré algún problema en los ojos?

LA MUJER INFIEL.—¿Qué haces con esa hacha, mi amor?

EL ENFERMO GRAVE.— ¿Se siente mal, doctor? Es como si su cara quisiera desleírse.

LA POLILLA.— Odio la oscuridad. ¿Qué me podría pasar si vuelo dentro de la llama de esa vela?

UN INGENUO QUE VA CAYENDO.— Ay, pobrecita, esa mujer de grandes pechos, cómo corre... ¿No pensará que quiero caer encima de ella?

UN LIMPIADOR DE VENTANAS CON AMOR PROPIO *(pasando raudo frente a la ventana abierta del segundo piso).*— No me mire con esa expresión triunfante, señora mía. Es verdad que usted me gritó que me amarrara el cinturón de seguridad, pero yo a cambio de la libertad de movimientos y de la comodidad no lamento haber corrido ningún riesgo. Por favor, ni siquiera mencione que me lo advirtió: todo reproche a posteriori me pone nervioso. Para algunos está bien de una manera, para otros, de otra. ¿Es tan difícil respetar esto? Quede con Dios, señora mía.

DOS NIÑOS.— Oye, no te metas dentro de eso rojo. —¿Por qué? ¿No es eso el fuego?

Cada uno sabe algo

Elek Bárd, cajero de banco de treinta y ocho años, junto con su esposa diez años más joven que él (de soltera Nóra Ulrich), bailarina de danza rítmica, y sus dos hijos estudiantes de bachillerato, se dirigió, una soleada mañana de primavera, al zoológico, al que no pudieron entrar, ya que la puerta estaba rodeada por una enorme multitud, tras de la cual numerosas patrullas de policía, equipos de bomberos y ambulancias obstaculizaban el paso. Por la gente que tenían alrededor se enteraron de que de la casa de los reptiles se escapó una cobra de quince metros de longitud, la cual en estos momentos andaba arrastrándose delante de la taquilla.

—Perdón —fue diciendo la señora de Elek Bárd, mientras se abría paso con dificultad en medio de la gente y se dirigía en línea recta hacia el monstruo. En voz baja y seductora comenzó a canturrear, luego acarició la cabeza del reptil sediento de sangre, y entró por la puerta del zoológico.

La culebra la siguió, obediente, cruzando la puerta, pasando por el parque cubierto de hierba y delante de las jaulas de los leones y de los tigres, de vuelta a su propia jaula, cuya puerta la especialista en danza rítmica cerró cuidadosamente tras del animal, luego de lo cual, con pasos lentos, regresó junto a los suyos.

—Y esto, ¿cómo lo hiciste? —preguntó su esposo, en medio de la asombrada multitud.

—Para mí esto no es nada —dijo modestamente la señora Bárd—. Soy encantadora de serpientes diplomada, con todos los exámenes aprobados.

—¿Y por qué no me lo dijiste nunca? —preguntó su esposo, Elek Bárd, cajero de banco.

—Porque nunca lo preguntaste —le dijo su esposa, la que tomó de las manos a sus hijos y, en compañía de su esposo, se encaminó hacia la puerta principal.

En los salones de la ciencia

Delante de la denominada sala de Terciopelo Rojo de la Academia de Ciencias Húngara, una joven que limpiaba las manillas de cobre de las ventanas de pronto se sintió mal. Se estremeció con convulsiones, de su boca brotó espuma, y justamente estaba golpeando su cabeza contra el suelo cuando de la sala de Terciopelo Rojo salieron los ciento setenta especialistas de la ciencia médica que habían venido a escuchar la conferencia de Gunnar Ingridsson, premio Nobel en biología.

Los científicos húngaros se asombraron, comenzaron a correr de un lado a otro, hicieron intentos con diferentes medicinas, llamaron a una ambulancia y hasta a los bomberos, porque —sobre todo para no quedar mal delante del famoso visitante del exterior— quisieron hacer todo lo posible por la enferma, incluso colgarla por la ventana (quizás se le había introducido un guijarro en los pulmones). Pero la muchacha no hacía sino lanzarse de un lado a otro, mientras escupía espuma y rechinaba los dientes, hasta que Gunnar Ingridsson dijo:

—¿No debiéramos darle un vaso de agua?

Nadie había pensado en eso. Y, ya está, al tomar el agua la muchacha volvió en sí, se tranquilizó y, contenta, siguió limpiando las ventanas.

Pero entonces llegaron a la sala los reporteros de televisión, los cuales colocaron delante de las cámaras al premio Nobel, con el vaso lleno hasta la mitad con agua. Le pidieron a la muchacha que volviese a contorsionarse y tratara de echar espuma por la boca, todo lo cual se logró.

Lamentablemente en esta segunda oportunidad no pudieron calmar las convulsiones y de la muchacha brotaba a raudales la espuma, a pesar de que el gran científico no sólo le hizo tomar el agua que quedaba, sino que hasta hizo traer un vaso de soda, que también resultó ineficaz. ¿Quién puede entender esto?

Inmortalidad

Ya no estaba joven, pero aún se mantenía en buenas condiciones; lo conocían y lo temían todos los habitantes del cañaveral, y hasta más allá también, cerca y lejos, todo ser viviente de cuatro patas. Su vista no había desmejorado, y si desde una altura de mil metros escogía su presa, se lanzaba sobre ella como un martillo que con un solo golpe clava el clavo.

Y así, en su edad floreciente, en la plenitud de sus fuerzas, en medio de dos lentos batir de alas, de pronto su corazón se detuvo.

Pero no se atrevieron a salir de sus escondites ni los conejos, ni los topos, ni las aves de los alrededores, porque él siguió flotando allá arriba en lo alto, a mil metros, con las alas abiertas, sobreviviendo a la muerte por dos o tres minutos, en una amenazante inmovilidad, hasta que cesó de soplar el viento.

POSIBILIDADES

En dirección al salero

Ahí se encontraban sentados todos los parientes, y también Ursula, una muchacha de dieciséis años muy atractiva, que había venido de Warnemünde, en el marco de un programa de intercambio. Ya le habían mostrado toda Budapest y la habían llevado al lago Balatón. Hoy le tocaba el turno a la cocina húngara. Se habían lucido: sirvieron una cazuela de pescado, pollo a la páprika con crema de leche y tres clases de pastel de hojaldre. Todavía iban por el pollo cuando Károly Valkó miró a su alrededor y preguntó:

—¿Dónde está la sal?

A causa de Ursula había que decirlo todo también en alemán. Valkó aspiraba a obtener una respuesta a su pregunta, y una sonrisa a cambio de su sonrisa. En medio del gran bullicio y de las risas nadie le prestó atención.

—*Der Salz?* —preguntó, y le sonrió a Ursula.

—*Das Salz* —lo corrigió la muchacha, retribuyéndole la sonrisa, y señalando el salero. Luego, lamentablemente, su atención se dirigió a otro lado.

El salero no estaba lejos. Al menos así parecía, era como si no estuviera lejos. Desde que cumplió los cincuenta años a Valkó progresivamente se le fue deteriorando el ojo izquierdo, y vivía en constante terror de que no le renovaran su permiso de conducir. Le costaba calcular las distancias, y no había lentes que remediaran esa situación.

Estiró la mano tras del salero. No lo alcanzó. La estiró aún más. Esperó que alguien lo ayudara, pero Tildi, la menor de sus hijas, justo estaba sirviendo galuska, la pasta especialidad húngara que acompaña los platos a la páprika.

—*Das sind die ungarischen galuska.*[1]

—*Nudeln?*[2] —preguntó, porque eso era lo único que conocía la hermosa muchacha de Warnemünd.

—*Nicht Nudeln, sondern galuska*[3] —explicó la señora Valkó, y todos se rieron.

Mientras tanto, el corpulento jefe de familia, a quien nadie le hacía caso, se inclinó por encima de la mesa, prácticamente se recostó sobre ella, y luego, en el sentido estricto del término, trepó sobre ella y —con sus gastados zapatos negros, de cordones— se irguió sobre el mantel, blanco como la nieve. A nadie le llamó la atención. Ahora justamente le estaban explicando a Ursula la forma de encurtir los pepinillos, lo cual resultó bastante difícil, porque nadie sabía cómo se decía en alemán encurtir. De modo que Valkó se puso en marcha sobre la mesa, en sentido diagonal hacia el salero.

«Con dos pasos —pensó— ya estoy ahí.»

Pero no fue eso lo que sucedió. No porque el salero se estuviera alejando: más bien sería necesario decir que era como si la mesa misma, con todo lo que tenía encima, y con los que la rodeaban, se hubiera ensanchado. Los pequeños objetos habían crecido y los grandes se habían vuelto aún mayores. El platillo, preparado para la ensalada, había alcanzado el tamaño de la fuente de un surtidor; un mondadientes tirado ahí parecía una viga prefabricada de cemento armado. (Valkó era receptor de materiales en la Empresa Constructora n.º 71, de ahí la comparación.) No es de extrañar que en este universo en expansión Valkó anduviera y anduviera, cada vez más rápido, pero que el salero (aunque no se alejaba) no se aproximara a su alcance ni un poquito.

En casos así es imposible detenerse. Algo resuena dentro de uno: vamos, vamos... En su excitación, Valkó no se percató de que el bullicio de los invitados había disminuido. Empezó a correr, pero recordó que a causa de su insuficiencia cardiaca el médico le había prohibido hasta subir escaleras. Se detuvo y, jadeando, miró a su alrededor.

1. —Esto es galuska húngara. (*N. de la T.*)
2. —¿Pasta? (*N. de la T.*)
3. —Pasta no, galuska. (*N. de la T.*)

Tenía suerte. Ya sólo debía pasar por encima del filo de un cuchillo del largo de una espada, para llegar hasta su coche, un Fiat 1500. Se lo había enviado de Canadá, usado, su cuñado, que había huido al extranjero a causa de una estafa. Abrió la puerta y se sentó al volante. Las ventanillas se hallaban congeladas y al motor le costó arrancar. Lo calentó por unos minutos y luego se enrumbó por el campo de nieve, lentamente, con prudencia. Eso ya lo llevaba en la sangre, desde que justo en la mitad del puente de Margit calculó mal la distancia y desde atrás se deslizó debajo de una gigantesca grúa que prestaba auxilio a los automovilistas. (En realidad también en eso tuvo suerte, porque de una vez pudieron enganchar su vehículo.)

Pero ahora, en la nieve, tuvo más cuidado aún. Esquivó las migas de pan regadas por doquier y frenó ante cada pliegue del mantel, pero en vano. Apenas había hecho diez o doce kilómetros cuando chocó contra una señal en el camino. Derribó el poste y el motor quedó comprimido por el radiador. Valkó miró el cartel hundido en la nieve, sobre el cual se hallaba escrito: «En dirección al salero», lo cual era totalmente innecesario, porque el salero, a pesar de que también se hallaba hundido en la nieve, se veía claramente. En cambio a su esposa ya sólo la veía de modo nebuloso, como disuelta en el entreclaro campo de nieve invernal. Justo se estaba riendo. «Seguro que había dicho mal algo en alemán», pensó el receptor de materiales, mientras siguió avanzando en medio de la nieve que le llegaba hasta las rodillas.

La capa superior estaba congelada, lo cual dificultaba el desplazamiento. Pero él siguió caminando, y caminó más todavía, porque cuando sucede eso, ya uno no se puede detener, ni siquiera si sobre sus zapatos de cordones carga masas de nieve de varios kilos de peso. Ya sus fuerzas se estaban agotando, cuando de nuevo sucedió algo. Su tradicional suerte tampoco lo abandonó en ese momento. De pronto, haciendo un giro, se presentó ante él un trineo tirado por perros.

Al principio sonrió. «¿Cómo puede aparecer sobre la mesa un trineo tirado por perros?», pensó, pero luego se puso serio, y hasta sentimental, porque se acordó de su lectura juvenil preferida, *El último viaje de Scott*, que le permitió soñar con todo el romanticismo y el culto a los héroes propios de la adolescencia. Sólo tenía que cerrar los ojos, y ya era el capitán inglés que moría congelado en el Polo Sur. Y ahora, ¡esto! ¡Qué cosas tiene la vida! Ahora estaba de pie aquí, ya calvo, con su problema cardíaco, en esta trágica tormenta de nieve que duraba seis meses, y hacía restallar su látigo, instando a correr a la docena de musculosos perros polares de largo pelo.

Su situación era difícil, y cada vez lo era más. El mercurio del termómetro descendió, y él no tenía ni tienda de campaña, ni bizcochos, ni cocinilla de queroseno. Sus perros iban hundiéndose uno tras otro en la nieve, porque tampoco tenía alimento para ellos. Pero, a pesar de todo, siguió conduciendo con ahínco, durante tres días más, con sus tres noches, hambriento y sediento, congelándose, abrigando esperanzas en una expedición de salvamento para la cual no había esperanza alguna, hasta que en la noche del tercer día también el último de los perros cayó.

Un silencio absoluto lo cubrió. Hasta donde llegaba la mirada todo era pura nieve. El horizonte estaba vacío, los parientes habían desaparecido, su esposa también, y ya tampoco estaba la resplandeciente belleza de la muchacha de Warnemünde. Sólo una llamita dorada titilaba en el negro cielo, muy cerca del salero. Se debía a que Tildi había insistido en que en honor de la huésped alemana la mesa en la que se sirviera la cena fuese iluminada por dos velas. El receptor de materiales miró la llama con devoción. «Dios mío —pensó—. ¡La luz polar!» Por sus piernas subía lentamente el hielo.

Sacó una pequeña libreta en la que solía anotar los desplazamientos que tenía que realizar por razones de trabajo, y con su mano tiesa y su pluma semicongelada anotó: «¡Dios salve al Rey!», aunque ya en la juventud había sido socialdemócrata y nunca fue partidario de la monarquía. Luego surgió algo más de su adolescencia, y agregó: «¡Viva Inglaterra!», a pesar de que nunca había estado en Inglaterra; lo que había anhelado siempre era ir a Italia, pero el año pasado, cuando le otorgaron un pasaporte, con setenta dólares en el bolsillo no se atrevió a emprender un viaje tan largo.

Hoja en blanco*

* Estas «hojas en blanco» se refieren a asuntos no existentes, o a algunos existentes acerca de los cuales el escritor no tiene nada que decir. (*N. del A.*)

Quejas de un grano de arroz

Os pido disculpas a todos. Sólo la preocupación por nuestro futuro me obliga a tomar la palabra.

Con quien suelo discutir este asunto es con mi tercer vecino. Dicho de otra manera, de aquél de quien sólo me separan dos granos de arroz. Es un ser de sentimientos profundos y de claridad de pensamiento, que defiende con pasión sus puntos de vista un poco extremistas.

Lo que discutimos ni siquiera es tan complicado. Se puede formular de una manera muy sencilla: ¿Somos iguales, nosotros, los arroces? ¿Qué va a traer el futuro? ¿Cómo serán nuestros descendientes?

Porque nosotros, y esto es lo más triste del asunto, pertenecemos a una especie mejorada, a la llamada «tibetana resistente al invierno». Lo cual no sólo significa que soportamos el frío mejor que el promedio, sino también que en cuanto a otros aspectos —desde el contenido de almidón hasta la capacidad de reproducción— somos una especie selecta. Lo que ha de suceder con los demás, eso mejor ni pensarlo.

Pero a nosotros nos basta con nuestros propios problemas. Después de ser sembrados, brotamos, nos encañamos y producimos semillas. Hasta yo reconozco que todo eso resulta algo monótono. Mi amigo, sin embargo, es más incisivo: él afirma que «ya sólo nos repetimos a nosotros mismos». Ante eso yo acostumbro apelar a las leyes de Mendel, es decir, me refiero a que también de nosotros surgirán variedades nuevas, al oír lo cual él sólo hace un gesto displicente y cita la máxima de Li Tai-ling: «Sólo la renovación conduce a la eternidad. El que no sabe diferenciarse, ya no está vivo».

En ese punto es cuando comienzo a irritarme. Una vez le puse frente a las narices un espejo: ¿somos acaso iguales? Se limitó a responder con una sonrisa irónica. Y —porque hasta el azar lo favorece— todavía mantenía la sonrisa cuando llegó el cartero, un intelectual de lentes venido a menos. Ya de lejos se oyó cómo me gritaba:

—¡Oye! ¡Arroz! ¡Traigo correspondencia!

Me llama arroz. Nosotros no tenemos nombre, porque para qué. A quienes hay que ponerles nombres es a dos tipos diferentes de queso, a dos pastas dentífricas o a dos novelas, no vaya a ser que los confundan. Pero ¿a dos arroces? ¡Nosotros ni siquiera en los sobres anotamos dirección alguna! Abrí la carta, le eché una mirada, y la devolví.

—Yo sólo soy un pequeño grano de arroz —dije, ofendido— pero aún así no me gusta que me confundan.

A lo largo de su vida un grano de arroz se reúne con un promedio de 200 000 o 300 000 otros arroces. Nuestro cerebro funciona de tal manera que podemos recordar a cada uno. Entre nosotros no reconocer a alguien pasa por una ofensa, lo que se refiere sobre todo a los carteros, dado que su vista se ha adiestrado precisamente en ese sentido.

Podéis imaginaros hasta qué punto se turbó el cartero.

—¡Oh, estúpido de mí! —trató de bromear con la cuestión—. Hablo sin ton ni son. ¡Qué tonto! ¡Un pepino avinagrado!

Mientras tanto miraba a un lado y a otro, recorriendo con la vista a los que estaban alrededor. Primero observó a mi vecino de la derecha, luego al más cercano a la izquierda y después al segundo de la izquierda, hasta detenerse sobre mi amigo.

—¡Oh, ahora me doy cuenta! ¡Está dirigida a usted! ¡Debe de ser que mis anteojos están sucios!

—¡Alto ahí! ¡Vayamos poco a poco! Si está dirigida a mí, ¿por qué se la entregaste a él? ¿O es que para ti cualquier arroz es el mismo arroz?

¡Ah, había que ver a ese cartero! Mi amigo me lanzó una nueva sonrisa irónica, y yo casi exploté de la cólera. Lástima que vosotros no podáis vernos, pero creedme, ni siquiera nos parecemos. Mi amigo es marxista (aunque de todo ello sólo le gusta el principio de la violencia revolucionaria), yo comencé como trotskista, pero luego me pasé al lado de Gandhi, porque sentí rechazo por cualquier tipo de acción... Está bien, está bien, se trata sólo de refinamientos, pero ¡escuchad nuestra descripción física!

Él: figura rechoncha, mirada penetrante, carácter pícnico. Un temperamento dado a los placeres, aunque también es generoso: en agradecimiento a una palabra afectuosa es capaz de quitarse la camisa y regalarla; es excelente nadador y ha salvado numerosas vidas.

Yo: suave, manso, un poco femenino. Sé cantar dulces *chansons* con mi pequeña y grata voz, y si el ambiente lo permite, de pie en el agua que me llega hasta las rodillas, bajo la luz azul de la luna, soy capaz de divertir a todo un campo de arroz. Mi seña particular: lanzado al agua me voy al fondo, como una piedra.

¡Sólo a este cartero se le ocurrió confundirnos!

—Bien, amigo —le pregunté—, ¿de verdad no hay diferencias entre nosotros?

No halla qué hacer en su turbación. Mira a un lado y a otro y su cerebro funciona a toda prisa.

—Es enorme la diferencia, de verdad... ¡Usted contiene casi un 80% de almidón!

—¿Y él?

Realmente, ¿para qué sirve este interrogatorio? Decidme, por favor: ¿no es sólo una especie de soberbia de arroz querer diferenciarse a toda costa de otro? Desde el seno materno hasta la universidad hemos recibido una educación idéntica, y la misma información nos ha llegado del medio ambiente, el cual a su vez está alimentado por informaciones iguales. Si esto continúa así, ¡nuestros nietos serán del todo iguales entre sí!

Y, sin embargo, no puedo parar. Tanto presiono al cartero que, al final, derrotado, reconoce que poseemos la misma cantidad de almidón.

—Hasta está anotado en el saco: «Tibetano resistente al invierno, 80% de contenido de almidón...».

¡Cómo va retorciendo los argumentos! Porque entre nosotros un cartero prefiere morir antes que reconocer que ha confundido a dos seres... Entonces le formulo una pregunta más fácil:

—Fíjese —digo—. Hay un río. Usted ha caído dentro. Lo ha atrapado un remolino, se está ahogando, ya lo va a arrastrar el agua... Y estamos nosotros dos en la orilla, mi amigo y yo. ¿Esto es fácil de entender, no? Pues —le pregunto—, ¿quién se lanza al agua? ¿Él o yo?

Sus manos tiemblan. Con un dedo tembloroso primero me señala a mí, luego a mi amigo, y después otra vez a mí.

—Él —dice con voz vacilante—. Y usted —me señala a mí—. Ninguno de los dos me dejaría ahogarme.

¡Eso es lo que dice! ¡Al tiempo que —esto seguro que lo sabéis— en el ojal de mi amigo resplandece la medalla del Valiente Salvador de las Aguas!

Es una imagen triste ésta. ¿Los demás también lo sentirán así? Yo, cuando veo a un granuja tan estúpido y sin dignidad torturarse así, siento compasión por él. (¿Por los valientes, por los rectos, por qué no? Pero esto no viene al caso.)

—Está bien —le digo—. Mejor no le pregunto nada. Lo dejo por su cuenta, el decidir si hay entre nosotros alguna diferencia. Por supuesto, no tiene la obligación de contestar. Pero quisiera hacerle saber —agrego—, que tengo mis relaciones en el correo.

¿Qué creéis? ¡Sí, así es! Esto lo hizo entrar en razón. Vaya, vaya. ¡Con ello debí de haber comenzado!

—Sí hay —dice de inmediato.

—¿Y cuál es?

—Primero hace falta un pedacito de jabón.

—¿Y luego?

—Luego una brizna de paja, que hay que meter dentro del líquido jabonoso.

—¿Y entonces?

—Entonces ya sólo se necesita soplar dentro de la paja, para que salgan las pompas de jabón.

—¿Y entonces qué pasa?

—Entonces se muestra la diferencia.

—¿En qué?

—En que —dice, bañado en sudor—, las de él se revientan un poco antes que las de usted.

¿Antes? ¿Lo habéis oído? Le lancé una mirada triunfal a mi amigo. ¡Se llevó un chasco! Tiene años sufriendo a causa de nuestra supuesta igualdad, y llena el mundo con sus quejas, aunque —¡vosotros sois mis testigos!— no hay dos granos de arroz iguales en el mundo.

Comunicado

¡Estoy hasta la coronilla! Constantemente marco números equivocados. Mi voz, cuando hablo con mi jefe, comienza a temblar. He perdido mis ganas de trabajar. Mi hija, estudiante de bachillerato, mira a través de mí. El próximo año cumpliré cincuenta años.

Por lo tanto, el abajo firmante, doctor Rudolf Stü, declara solemnemente que la firma de este documento es falsa, y que el que suscribe es un estafador con el cual no me une ninguna relación.

DOCTOR RUDOLF STÜ

Floreos

Por medio de la presente doy las gracias a todos aquellos que, con motivo del fallecimiento de mi amado esposo, me colmaron de gratos deseos de buena suerte.

Tiene dos años, atiende al nombre de Zoli, es hembra, de pelo largo, no se ensucia en la casa. Agradezco noticias de quien haya encontrado mi inflamación del oído medio.

¡No atendemos a muertos borrachos!

Encuentro de antiguos combatientes
Para el 20 de este mes invito al restaurante al aire libre del Parque Municipal, a una reunión de antiguos combatientes, a todos aquellos que diez años atrás, en ese mismo lugar, tomaron parte personalmente en mi matanza a palos.

El extinto B. Ordódi

¡Está prohibido lanzar papel moneda en las alamedas!

Les rogamos a nuestros respetados huéspedes no visitar el solarium femenino con órganos genitales masculinos.

¿Por qué no puede ser feliz un Volkswagen?

¡Está terminantemente prohibido dar de comer, molestar o irritar a la bandera!

¡Cuidado! ¡La puerta muerde!

Pensamientos en el sótano

La pelota atravesó la ventana rota y cayó en el pasillo del sótano. Una de las niñas, la hija de catorce años de los conserjes, bajó renqueando a buscarla. A la pobre el tranvía le había cortado la pierna por debajo de la rodilla, y se sentía feliz cuando podía recoger pelotas para los demás.

En el sótano reinaba la penumbra, pero de todas maneras le llamó la atención algo que se movía en un rincón.

—¡Minino! —dijo la muchacha de pierna de palo de la conserjería—. Y tú ¿qué haces aquí, gatito?

Alzó la pelota y, como pudo, se apresuró a llevarla.

La vieja, sucia y hedionda rata —fue a ella a quien confundieron con un gatito— se sorprendió. Así no le había hablado todavía nadie.

Hasta ahora sólo la odiaron, le lanzaron pedazos de carbón o huyeron aterrados ante su presencia.

Por primera vez se le ocurrió lo diferente que hubiera sido todo si, por ejemplo, hubiera nacido gato.

Es más —¡porque así de insaciables somos!—, continuó tejiendo sus fantasías. ¿Y si hubiera nacido para ser la muchacha de pierna de palo de la conserjería?

Pero eso ya hubiera sido demasiado hermoso. No se lo pudo ni imaginar.

Apenas aclaramos un asunto discutible, enseguida surge un nuevo enigma

Una pequeña reseda se dirigió al excusado y se sentó a hacer sus necesidades. Pero entonces se sintió intrigada por algo. Si ella era una planta, y no tenía ni intestinos ni materia fecal, ¿entonces qué buscaba aquí?

Bien, al menos esto se aclaró. La pequeña reseda se levantó y, sin haber cumplido con su cometido, volvió a reunirse con los otros invitados. Cuando la dueña de casa (de sangre real inglesa, cuyo santo estaban celebrando) le lanzó una mirada interrogativa, ella le devolvió una sonrisa, pero sólo dijo, a manera de explicación:

—Se produjo un pequeño malentendido.

Y se dirigió al buffet, porque sintió deseos de tomar champaña... «¡Menudo lío —pensó, mientras veía a las altas y delgadas copas— si ahora resulta que tampoco puedo beber!»

Informe en cuanto a las limitaciones de la circulación con motivo de los acontecimientos del primero de febrero

Como es de todos conocido, pasado mañana, primero de febrero, un día martes, a las seis menos cuarto de la tarde, va a ser el fin del mundo. Inmediatamente después tendrá lugar el juicio final. El departamento correspondiente del concejo municipal de la capital exhorta a la población a evitar el pánico. Por otra parte, tampoco vale la pena impacientarse, porque a cada quien, sin excepción, le tocará su turno.

No será necesario implementar medidas extremas para limitar la circulación, aunque el túnel —a causa del peligro de un posible derrumbe— será cerrado a las tres de la tarde. A partir de ese momento los autobuses número cuatro, cinco y cincuenta y seis, en lugar de transitar por el puente de las Cadenas, lo harán por el de Erzsébet.[1]

Los ferrocarriles, barcos y autobuses funcionarán de acuerdo a su horario, es más, desde la plaza Vigadó partirá un barco de turismo especial, el cual (en caso de que haya suficientes interesados) navegará como un catafalco embanderado a lo largo del pintoresco paisaje de la Puerta de Hierro, en dirección al mar Negro.

Le comunicamos de una vez a todos aquellos que desean solicitar la prolongación de su vida, que no será posible complacer su petición. Ni madres embarazadas ni recién nacidos podrán constituirse en excepción, aunque algunos se quejarán, con justicia, de llegar al mundo precisamente pasado mañana a las seis menos cuarto, puesto que, en consecuencia, tendrán una vida extremadamente breve.

---

1. Por la reina Isabel (de los Habsburgo). (*N. de la T.*)

182

Por otra parte, en cambio, será una excepcional suerte para todos aquellos que de todas maneras hubieran fallecido en ese momento. Evidentemente estos, con toda seguridad, están ahora riéndose para sus adentros.

Hogar

La niña sólo tenía cuatro años, de manera que con seguridad sus recuerdos eran confusos. Su madre, para hacerla consciente del inminente cambio, la llevó hasta la cerca de alambre de púas y, de lejos, le mostró el tren.

—¿No te alegras? Ese tren nos llevará a casa.

—Y entonces ¿qué va a pasar?

—Entonces estaremos en nuestro hogar.

—¿Qué es un hogar? —preguntó la niña.

—Donde vivíamos antes.

—Y allí ¿qué hay?

—¿Te acuerdas todavía de tu osito? Quizás también estén allí tus muñecas.

—Mamá —preguntó la niña—, ¿en casa también hay guardias?

—No, allí no hay.

—Entonces —preguntó la niña—, de allí ¿podremos escapar?

Algunas variantes
de nuestra autorrealización

No lo puedo negar: como la mayoría de los niños, soñaba acerca de tonterías. Quería ser piloto, conductor de trenes o, como mínimo, un tren yo mismo. A veces mis deseos llegaban al extremo de querer ser, cuando creciera, el expreso de Viena.

Nuestro pariente lejano, el doctor Kniza, párroco de una abadía, un hombre preparado y prudente, trató de convencerme para ser guijarro, y a mí realmente me atrajo semejante estado definitivo, el del silencio redondeado. Mi madre, por su parte, en cambio, deseaba que buscase algún vínculo con el tiempo: «Conviértete, hijito, en huevo —me exhortaba de vez en cuando—: el huevo es el nacimiento y la extinción al mismo tiempo, el tiempo que pasa envuelto en una frágil capa. De un huevo puede salir cualquier cosa», argumentaba mi buena madre.

Pero he aquí que los caminos de la vida son inescrutables. Ahora soy arena dentro de un reloj de arena, quizás para que ambos tengan razón, ya que la arena en sí misma expresa la carencia de tiempo, en cambio el reloj de arena es símbolo del paso del tiempo. Ya figuraba entre los jeroglíficos egipcios, con los significados de «El sol se oculta», «Dios mío, cómo corre el tiempo», «Se reúnen ya los pájaros que migran» y «¿A qué se deben mis vértigos, querido doctor?».

Obtener un empleo tan cómodo no es fácil, pero digamos en honor del tío Kniza que aunque no estaba de acuerdo con estas ideas acomodaticias, me recomendó, y así me contrataron, en calidad de arena provisional. (Soy provisional porque sólo me utilizan para medir el tiempo de hervir los huevos, en lo cual también fue mamá la que tuvo un poco de razón.) Durante mucho tiempo todo marchó sobre rue-

185

das, y ya comencé a decir cada cierto tiempo que, gracias a Dios, logré organizar bien mi vida, cuando inesperadamente llegaron los problemas: de un día para otro me hice grumos, lo cual para una arena es una catástrofe igual que el engordar para un bailarín de ballet. (Pero esto entre nosotros no depende de la edad. La arena no envejece.) Ahora la situación es tal que, cada vez con más frecuencia, mis piernas pasan, pero mi trasero se atasca en la estrechez del vidrio. Por supuesto, he intentado hacerlo al revés, ir cayendo cabeza abajo, pero también entonces el resultado es que por minutos, a veces por horas, me quedo ahí pataleando, presionando con uñas y dientes, y mientras tanto los huevos no se continúan cocinando, el reloj de arena se detiene y una gran cantidad de arena se queda esperando encima de mi cabeza, inactiva. Estas arenas no me apresuran, no dicen ni pío, pero con su mera presencia ejercen sobre mí una presión moral silenciosa que me pone al borde de un ataque de nervios. Ni siquiera puedo decir que no es mi culpa, porque sí, sí que lo es, es evidente que desde el comienzo hubo en mí una inclinación para el ahuevamiento; dicho de otra manera, soy un tipo básicamente turbulento, rebelde, insociable, incompetente por completo para ser arena.

En casos así a uno se le ocurre de todo. El que me ve hoy en día, no puede ni imaginarse cómo hubiera podido yo optar por ser vacío en una lámpara incandescente. E imaginaos, hubo una chica, muy bonita, pero bastante tonta, llamada Panni, que trabajaba en la Fábrica de Batista de Seda. «Oye —me dijo una vez—, ven conmigo, haremos de ti una braga de mujer...» Entonces me ofendí, pero hoy en día hasta eso me parece una felicidad paradisíaca; aunque ser braga tampoco puede considerarse una vida muy variada, pero de todas maneras tiene un cierto toque picante.

Ahora de nuevo me encuentro atascado en el estrechamiento. De aquí envío el mensaje a todos los que esperaron de mí algo que, aunque de mis seres queridos sólo recibí malos consejos, en último caso soy yo el único culpable por haber escogido esta carrera gris que le garantizaba seguridad a mi existencia. Si me hubiera atrevido a asumir riesgos, entonces, con un poco de suerte, y sin padrinazgo alguno, ya que yo mismo conocía al ingeniero que diseñó el trasatlántico más grande del mundo, hubiera llegado a algo más en la vida, puesto que, si en lugar del *Queen Mary*, de setenta mil toneladas, hubiera sido yo el que le hubiera venido a la mente al ingeniero, entonces ahora no tendría que estarme comprimiendo la barriga para pasar por este maldito estrecho, sino que, cabalgando en olas de la altura de unas torres, enfrentándome a tormentas y a ventarrones, estaría atravesando, orgulloso, los anchos mares.

Perdón. Por fin lo logré. Transcurro hacia abajo.

Botella al mar

Pescada en el océano Pacífico

«Desde aquí, latitud sur grado 17 y longitud oeste grado 151, aproximadamente desde la altura de las islas Otahiti, en medio de muy adversas condiciones de tiempo, la densa oscuridad de la noche, los vientos desencadenados y las lluvias torrenciales, juguete del violento oleaje, cuando ya los demás húngaros, todos excelentes marineros, han perecido en el mar, yo, completamente por casualidad, he descubierto que si lanzo mis dos brazos hacia delante y, como si estuviese remando, los echo luego hacia atrás, y con mis piernas, tal como saltan las ranas, pataleo también hacia atrás, entonces, en vez de hundirme yo también y ahogarme en las aguas, soy capaz de mantenerme sobre la superficie. ¡Queridos compatriotas, habitantes de Páho de Arriba! ¿Es posible esto? ¿Sabíais algo al respecto? Y si lo sabíais, ¿por qué no lo dijisteis? Si aguanto el resuello todavía por diez minutos más, quizás por casualidad pase por aquí algún barco, y si se da cuenta de mi presencia, me salvará. Pero si no, entonces por este medio le hago saber a todos mis amados compatriotas: ¡Soy Benedek Becze! ¡Húngaros! ¡Oídme! ¡Atención! ¡Escuchad mi palabra: si os encontráis alguna vez en semejante situación, debéis patalear con brazos y piernas, para evitar que las olas os traguen! Le envío saludos a mi nuera y a mi hijo, y que Dios proteja a nuestra bella patria húngara».

El último hueso de cereza

Ya sólo quedaban cuatro húngaros. (Es decir, aquí en el país, en Hungría. Dispersos, entre otros pueblos, quedaban todavía bastantes húngaros vivos.) Acampaban debajo de un cerezo. Era un buen árbol, daba sombra y frutos. Claro, sólo en temporada de cerezas.

De entre los cuatro uno estaba sordo y dos estaban bajo vigilancia policial. Que por qué, ya eso ni ellos mismos lo sabían. Pero a veces todavía lo mencionaban:

—Yo estoy bajo vigilancia policial.

Nombre sólo uno de ellos tenía, mejor dicho, sólo él recordaba su nombre. (Se llamaba Sípos.) Los demás, como tantas otras cosas, hasta sus nombres habían olvidado. Entre cuatro hombres no es tan importante que cada cual tenga su propia denominación.

Una vez Sípos dijo:

—Deberíamos dejar algún recuerdo tras de nosotros.

—¿Para qué diablos? —preguntó uno de los que estaba bajo vigilancia policial.

—Para que el día que nosotros ya no estemos, quede alguna huella de que estuvimos.

—¿Y quién va a sentir curiosidad entonces por nosotros? —preguntó el cuarto húngaro, el que ni se llamaba Sípos ni estaba bajo vigilancia policial.

Pero Sípos insistió con su proyecto, que también a los otros dos les gustó. Sólo él, el cuarto, repetía lo suyo, es decir, que semejante estúpida idea no había nacido aún sobre la tierra. Los demás se lo tomaron a pecho.

—¿Qué pasa? —le llamaron la atención—. A lo mejor tú ni siquiera eres un húngaro de verdad.

—¿Y qué? —preguntó él—. ¿Es una suerte tan grande hoy en día ser húngaro?

En eso había algo. De manera que dejaron de lado la disputa y se concentraron sobre todo en dilucidar qué clase de recuerdo podrían dejar tras de sí. Para tallar una piedra hubiera hecho falta un cincel. ¡Si alguien hubiese tenido aunque fuese un alfiler!

—Con eso —explicó Sípos— se podrían hacer agujeros en la corteza del árbol y dejar algún mensaje. Eso permanecería sobre el árbol hasta su muerte, como el tatuaje en la piel humana.

—Entonces lancemos hacia arriba una gran piedra —propuso uno de los que estaba bajo vigilancia policial.

—Estúpido. Eso cae.

El otro no discutió. El pobre sabía que no era ninguna lumbrera.

—Bueno, pues digan algo mejor —habló luego—. ¿Qué hay que pueda permanecer?

Estuvieron mucho rato meditando sobre el asunto. Al fin llegaron a la idea de que en medio de dos piedras (no fuera a ser que la lluvia la enterrase) ocultarían un hueso de cereza. No sería un recordatorio muy notable, pero a falta de algo mejor, serviría.

Pero ¿cómo? ¿De dónde la obtendrían? Ellos, mientras duró la temporada de cerezas, vivieron a base de la fruta, y luego recogieron los huesos, las rompieron en pedacitos y también se las comieron. Ahora no encontraron ni un mísero hueso.

Pero entonces, en ese instante, el cuarto húngaro, el que no se llamaba Sípos ni estaba bajo vigilancia policial, se acordó de una cereza. (Ya tampoco él se oponía al proyecto, estaba con él de corazón, y tenía intensos deseos de colaborar.) Esa cereza en particular había crecido tan arriba, en la parte más alta de la corona de follaje, que en ese entonces no la pudieron bajar. De manera que se quedó ahí y se secó, apenas si quedaban el hueso y la piel.

Inventaron que si los cuatro se encaramaban el uno encima de los hombros del otro, podrían bajar aquella única cereza. Reflexionaron con cuidado sobre todo el asunto. Debajo de todos se paró aquel de los que estaba bajo vigilancia policial que, aunque muchos sesos no tenía, en cambio le sobraba fuerza bruta. Sobre sus hombros se alzó aquel que no se llamaba Sípos, ni estaba bajo vigilancia policial. Sobre él se colocó el otro que estaba bajo vigilancia policial, y por último escaló el flaco Sípos.

Con toda clase de dificultades llegó hasta arriba y se enderezó encima de la columna que formaban sus tres compañeros. Pero para cuando llegó allá, se olvidó del motivo por el cual había subido. Simplemente se le borró de la cabeza. Los demás le gritaban que bajara aquella seca cereza, pero ya podían gritar, que era en vano. (Hay que saber que Sípos era el que estaba sordo.) Así, pues, ahora ni para arriba ni para abajo, ni *a* ni *be*. A veces los cuatro empiezan a gritar a la vez, pero ni aun así pueden resolver la situación. Y así se quedaron, tal como estaban, un húngaro encima del otro.

APÓLOGOS

La gran marcha

Había una vez, hace mucho, mucho tiempo, un huevo. Este huevo agarró un día y se fue a recorrer el mundo. Anduvo y anduvo, hasta que se encontró de frente con el rey Berengar. El rey le preguntó al huevo:

—¿Adónde te diriges, compadre huevo?

—Me voy a recorrer el mundo.

—Espérate un momento, que voy contigo.

Iba rodando el huevo y andaba despacio el rey Berengar. Pasó dando vueltas por ahí la mitad de una bicicleta. Le preguntó al rey Berengar:

—¿Adónde te diriges, compadre Berengar?

—Voy a recorrer el mundo.

—Espérate un momento, que yo también voy con vosotros.

Daba vueltas el huevo, caminaba el rey Berengar y rodaba la media bicicleta. Venía por ahí Jesús María San José.

—¿A dónde te diriges, compadre media bicicleta? —le preguntó a la mitad de la bicicleta.

—Me voy a recorrer el mundo.

También se les unió. Mientras iban caminando se encontraron de frente con Bertolt Brecht. Se detuvo y expresó su interés:

—¿A dónde te diriges, compadre Jesús María San José?

—Me voy a recorrer el mundo.

—Yo también voy, vayamos juntos.

Brecht se colocó al final de la fila. Caminaron un largo trecho, cuando se encontraron con Takariko Kiriwi, campeón mundial japonés de tenis de mesa, que venía en sentido contrario.

—¿A dónde te diriges, compadre Bertolt Brecht?

—Me voy a recorrer el mundo.

—Espérate un poco, que yo voy también.

Por delante va el huevo, detrás el rey Berengar, tras de él la media bicicleta, luego Jesús María San José y Bertolt Brecht, y al final Takariko Kiriwi, campeón mundial de tenis de mesa, con sus lentes. Así van marchando, caminando, desplazándose todo el tiempo. Caminan y caminan y ni una palabra se intercambian. Todavía hoy en día deben de estar caminando, si es que mientras tanto no se han muerto.

El conductor

József Pereszlényi, desplazador de materiales, se detuvo con su coche Wartburg, matrícula número CO 75-14, junto al kiosco de periódicos de la esquina.

—Déme un *Noticias de Budapest*.

—Lamentablemente se agotó.

—Déme uno de ayer, entonces.

—También se acabó. Pero casualmente tengo ya uno de mañana.

—¿También ahí aparece la cartelera de cine?

—Eso sale todos los días.

—Entonces déme ese de mañana —dijo el movilizador de materiales.

Se volvió a sentar en su coche y buscó la programación de los cines. Después de un rato encontró una película checoslovaca —*Los amores de una rubia*— de la que había oído hablar elogiosamente. La proyectaban en el cine Cueva Azul de la calle Stácio, a partir de las cinco y media.

Justo a tiempo. Todavía faltaba un poco. Siguió hojeando el diario del día siguiente. Le llamó la atención una noticia acerca del desplazador de materiales József Pereszlényi, quien, con su coche Wartburg matrícula CO 75-14 se desplazaba con una velocidad mayor a la permitida por la calle Stácio, y no lejos del cine Cueva Azul chocó de frente con un camión. El descuidado conductor murió en el acto.

«¡Quién lo diría!», pensó Pereszlényi.

Miró su reloj. Ya pronto serían las cinco y media. Guardó el

197

periódico en el bolsillo, se puso en marcha, a una velocidad mayor de la permitida, y chocó con un camión en la calle Stácio, no lejos del cine Cueva Azul.

Murió en el acto, con el periódico del día siguiente en el bolsillo.

Reglamento para ejecuciones

1

La pena de muerte mediante la horca debe ser llevada a cabo entre los muros del instituto penal militar o en algún otro lugar cerrado. La ejecución mediante fusilamiento en algún lugar apropiado para ello, preferiblemente en un sitio cerrado, alejado de miradas indeseadas y evitando llamar la atención innecesariamente, en general a horas tempranas de la mañana.

2

En los casos de ejecución de pena de muerte el comandante es siempre un mayor del reino[1] húngaro; en su defecto, el capitán de más tiempo en ese rango.

Como escolta desfilan cuatro pelotones de infantería, compuestos de al menos diez miembros cada uno.

3

Para constituir la «fila de cierre», es decir, la que custodia directamente al condenado, deberán presentarse, uno por uno, un suboficial, cinco oficiales y quince individuos sin grado alguno.

---

1. En verdad, el texto se refiere a diferentes épocas de la historia húngara. (*N. de la T.*)

Todos ellos van previamente a la puerta del instituto penal, y allí se alinean, formando un cuadrado, cada uno de cuyos lados consta de cinco hombres, y así se constituye la fila de cierre. El carcelero, en compañía de los guardias, trae al condenado hasta la fila de cierre, dentro del cual ingresa también el sacerdote, mientras que los guardias se rezagan. La marcha se desplaza a ritmo lento hasta el lugar de la ejecución. Nadie presenta saludo militar.

El comandante de la ejecución, al aproximarse al lugar del suplicio, da la siguiente orden:

—¡Atención! ¡Cuadrilátero de ejecución, en marcha!

Después de la formación del cuadrilátero de ejecución, los oficiales ingresan en su interior. La fila de cierre se abre, y un miembro del tribunal militar, en presencia del fiscal militar del reino húngaro y del funcionario que levanta el acta, lee nuevamente la sentencia y declara que están dadas las condiciones para su ejecución, con lo cual ésta puede iniciarse.

4

Si la sentencia se lleva a cabo mediante fusilamiento, entonces previamente hay que destacar a cuatro hombres, los cuales, en presencia de un oficial, cargan sus armas. El condenado debe arrodillarse y alguno de sus compañeros, que puede escoger libremente de entre los presentes, le venda los ojos. Al mismo tiempo, el comandante de la ejecución, con su espada, da una señal hacia el sector de atrás del cuadrilátero, el cual, hasta donde sea necesario, se abre silenciosamente.

Los cuatro hombres designados dan un paso al frente, colocan sus armas, sin ruido, en posición de «listo», y, con pasos suaves, se acercan al condenado, tanto como esto sea posible sin rozarlo.

El comandante de la ejecución se coloca de lado de tal manera que estos hombres puedan verlo, y luego levanta hacia lo alto su espada, ante lo cual los dos hombres del medio apuntan a la cabeza del condenado y los otros dos a su pecho, y luego, ante la orden de «¡Fuego!» del comandante de la ejecución, la cual debe darse sin mayores dilaciones, disparan al unísono.

Si el ejecutado todavía diera señales de vida hay que disparar tantos tiros extras como sean necesarios.

5

Ya sea que la ejecución se haya producido por medio de la horca o por fusilamiento, tras su puesta en práctica el médico destacado constata que la muerte se haya producido. Después el sacerdote pronuncia unas breves palabras y reza una breve oración, para lo cual el comandante de la ejecución ordena:

—¡Oración!

Luego de ello los oficiales dan la señal de retirada.

6

El ejecutado debe ser enterrado de noche, en silencio, sin cortejo fúnebre, en el lugar designado para ello.

Todo lo que hay que saber

Válido para el recorrido de dos zonas sujetas a la tarifa, dentro del lapso de una hora, con un máximo de cuatro transbordos y por la vía más corta entre el lugar de subida y el punto de destino. Los transbordos sólo están permitidos en las intersecciones, en los ramales y en las estaciones terminales, pero sólo a coches cuya ruta se diferencie de la del vehículo utilizado previamente. Durante cada viaje sólo puede cruzarse un puente sobre el Danubio, y cada trayecto puede ser recorrido sólo una vez.

¡Está prohibido hacer rodeos o interrumpir el viaje!

Pareja en viaje de bodas
sobre papel matamoscas

No se fueron a ninguna parte. ¿Para qué? He aquí a esta bella Budapest, dijo el joven esposo, aquí hay teatros, cines, conciertos, tantas cosas que ver.

Se quedaron en casa. Su luna de miel transcurrió llena de amor y felicidad.

Pero una tarde, cerca de las seis y media, se quedaron suspendidos del papel matamoscas que colgaba de la lámpara.

—¡Qué estúpida casualidad!

EL ESPOSO.—¿Me quieres, mi ángel?

LA MUJERCITA.—Mucho.

EL ESPOSO.—Entonces vente.

LA MUJERCITA.—¿Otra vez?

EL ESPOSO.—Ventevente.

LA MUJERCITA.—¡Ay, tú sí que eres salvaje!

EL ESPOSO.—Venteventevente. ¡Vente!

LA MUJERCITA.—Ya va, que se me pegó algo al tacón.

EL ESPOSO.—¡Quítate el zapato, pero date prisa!

LA MUJERCITA.—Entonces también hoy nos quedaremos en casa. Y eso que hay la Noche de Tchaikovski en la Academia de Música.

EL ESPOSO.—Me importa un bledo Tchaikovski.

LA MUJERCITA.—¿Preferirías ir al teatro?

EL ESPOSO.—Ah, no, con esos directores húngaros tratando de meterle a uno sus ideas en la cabeza... Dime, ¿tú no sientes como si nos estuviéramos balanceando?

LA MUJERCITA.—Quizás te lo estés imaginando.

EL ESPOSO.—Decididamente siento como si estuviera colgando de un cordel y me estuviera columpiando en el aire.

LA MUJERCITA.—No le des importancia. Fíjate a ver qué dan en la ópera.

EL ESPOSO.—¿Dónde está el periódico?

LA MUJERCITA.—Sobre la mesa de la cocina.

EL ESPOSO.—No puedo salir, porque yo también tengo el pie pegado en algo.

LA MUJERCITA.—Qué raro... A mí se me hace que *Baile de máscaras*.

EL ESPOSO.—Dime, por favor, eso en lo que se te pegó el zapato ¿es como un barniz brillante y pegajoso?

LA MUJERCITA.—Algo así.

EL ESPOSO.—Yo ya no puedo despegar la mano de aquí.

LA MUJERCITA.—¡A ti sí te gusta quejarte! Al final resultará que otra vez nos quedaremos sentados en casa.

EL ESPOSO.—¿Qué son estas sacudidas?

LA MUJERCITA.—Estoy tratando de arrancarme de este pegote.

EL ESPOSO.—No juegues, que nos desprendemos.

LA MUJERCITA.—¿Así que tú te conformas con todo? Y yo que me enamoré de ti porque eras tan emprendedor y siempre me hacías reír, y decías que adorabas la música.

EL ESPOSO.—De qué me vale adorar la música, si no puedo mover mis miembros.

LA MUJERCITA.—¡Como si fueras el primero que se atasca en algo! También hay seres impedidos, carentes de piernas. Pero viven, trabajan y hasta se divierten.

EL ESPOSO.—Ahora es como si estuviéramos dando vueltas.

LA MUJERCITA.—¿También eso te molesta?

EL ESPOSO.—Nunca he oído de nada semejante.

LA MUJERCITA.—Entonces te lo explicaré. El viento entra desde las escaleras, eso es lo que le hace dar vueltas a este no sé qué pegajoso. ¿Ahora estás tranquilo?

EL ESPOSO.—¿Cómo voy a estar tranquilo, cuando ya estoy hasta la cintura en este pegote?

LA MUJERCITA.—¡Y sigues con eso, dale que dale! Son las siete menos veinte. Ya sólo llegaremos a la ópera con taxi.

EL ESPOSO.—¿Tú no tomas en cuenta para nada las realidades de la vida?

LA MUJERCITA.—Dijimos que este matrimonio no iba a ser como los demás. A nosotros no se nos van a agotar los temas, ni caeremos en la apatía, ni vamos a pelearnos ni a divorciarnos. Yo todavía quiero reír mucho, y quiero tener tres hijos, y los quiero poner a estudiar música.

EL ESPOSO.—Ya me llega a la boca.

LA MUJERCITA.—Por favor, llama un taxi.

¡Debemos estudiar idiomas extranjeros!

No sé hablar alemán. Entre Budoniy y Alexayevka había que empujar un montón de piezas de artillería colina arriba. Las ruedas se habían hundido hasta el cubo en el barro. Cuando me tocó hacerlo por tercera vez, y más o menos a mitad de camino comenzó a deslizarse hacia atrás el malditamente pesado cañón de campaña, simulé ir a hacer mis necesidades e hice mutis.

Sabía en qué dirección quedaba nuestro campamento. Atravesé un gigantesco sembradío de girasoles y luego salí al rastrojo. La negra y fértil tierra se pegaba a mis botas como la plomada con la cual los buzos bajan hasta el fondo del mar. Creo que llevaba caminando unos veinte minutos cuando me topé con un sargento húngaro y un alemán que no sé qué jerarquía tendría, porque no conocía los grados alemanes. Había que tener una mala suerte increíble para dar justo con ellos, en aquella gigantesca llanura.

El sargento estaba de pie y el alemán sentado en una pequeña silla de campaña, con las rodillas separadas. El sargento fumaba, el alemán comía. De un tubo que se parecía a los de las pastas dentífricas exprimía queso fundido sobre una rebanada de pan, y sólo me hizo un gesto con los ojos, indicándome que me detuviera.

—*Was sucht er hier?* —preguntó.

—¿Qué busca aquí? —tradujo el sargento.

Dije que había perdido mi unidad.

—*Er hat Seine Einheit verloren* —dijo el sargento.

—*Warum ohne Waffe?*

—¿Dónde está su fusil? —preguntó el sargento.

Les dije que yo estaba sujeto al trabajo obligatorio.[1]

—*Jude* —dijo el sargento.

Eso lo entendí hasta yo. Expliqué que no era judío, sino que, como era distribuidor del periódico *La Voz del Pueblo* en Györ, me llamaron a incorporarme a una compañía de trabajos especiales.

—*Was?* —preguntó el alemán.

—*Jude* —dijo el sargento.

El alemán se puso de pie. Se sacudió las migas de pan.

—*Ich verde ihn erschiessen* —dijo.

—A usted el señor Feldwebel ahora lo va a fusilar —tradujo el sargento.

Sentí que me cubría el sudor y mi estómago se revolvió. El alemán le colocó la tapa al tubo del queso fundido y tomó su fusil. Quizás si hubiera sabido hablar en alemán le hubiera podido explicar que no utilizaba brazalete amarillo, y que por lo tanto no podía ser judío, y entonces todo hubiera sido diferente.

—*Er soll zehn Schritte welter gehen.*

—Camine diez pasos —dijo el sargento.

Caminé diez pasos. Me hundí hasta los tobillos en el barro.

—*Gut.*

—Está bien.

Me detuve. El Feldwebel me apuntó con el fusil. Sólo recuerdo que de pronto se me hizo sumamente pesada la cabeza y casi me explotaron los intestinos.

—*Was ist sein letzter Wunsch?* —preguntó.

—¿Cuál es su último deseo? —preguntó el sargento.

Dije que quería hacer mis necesidades mayores.

—*Er will scheissen* —tradujo el sargento.

—*Gut.*

—Bueno.

---

1. Las compañías de trabajo especiales estaban compuestas por judíos y opositores, los cuales, en calidad de esclavos, estaban sujetos a todo tipo de trabajos en el frente, desarmados, expuestos al peligro bélico sin defensa alguna. (*N. de la T.*)

Mientras obraba, el Feldwebel bajó su fusil. Pero apenas me incorporé, lo levantó.

—*Fertig?* —preguntó.

—¿Listo?

Le dije, listo.

—*Fertig* —informó el sargento.

El fusil del Feldwebel evidentemente disparaba hacia arriba, porque me tenía apuntado al ombligo. Me estuve de pie como un minuto, o minuto y medio. Luego, mientras continuaba apuntándome, el Feldwebel dijo:

—*Er soll hupfen.*

—Salto de rana —tradujo el sargento.

Después del salto de rana vino el arrastrarse. Y después quince flexiones. Al final el Feldwebel dijo: vuelvan caras.

Le di la espalda.

—*Stechschritt!*

—¡Paso de ganso! —tradujo el sargento.

—*Marsch!* —dijo el Feldwebel.

—¡En marcha! —tradujo el sargento.

Me puse en marcha. Apenas si se podía caminar, mucho menos dar airosamente el paso de ganso. Salpicaban los trozos de barro por encima de mi cabeza. Sólo podía avanzar con una lentitud enloquecedora, mientras sentía que el Feldwebel me apuntaba al centro de la espalda. Todavía hoy en día podría mostrar el punto hacia donde se dirigía el fusil. Si no hubiera sido por el barro, mi terror sólo hubiera durado cinco minutos. Pero así pasó quizás hasta media hora hasta que me atreví a echarme boca abajo y mirar hacia atrás.

Tampoco sé hablar italiano: lamentablemente, no tengo facilidad para los idiomas. El verano del año pasado, cuando me fui de vacaciones a Rimini, en un viaje colectivo de diez días organizado por el IBUSZ, una noche, delante del hotel de lujo llamado Regina Palace, reconocí al Feldwebel. No tuve suerte. Si llego medio minuto antes, lo mato a golpes; pero así él ni siquiera notó mi presencia.

Junto a otras personas, se subió a un autobús rojo con el techo de vidrio, mientras yo, sin contar con el necesario conocimiento del idioma, sólo pude lanzar gritos en húngaro:

—¡Deténganse! ¡Bajen a ese cerdo fascista!

El portero, un sudanés negro una cabeza más alto que yo, me amenazó con el dedo y me hizo señas para que me largara. Ni siquiera a él le pude explicar lo que había sucedido, aunque él, quizás, además del italiano, sabía también inglés y francés. Pero yo, lamentablemente, aparte del húngaro no hablo ningún otro idioma.

Trino

Retira el papel del rodillo de la máquina de escribir. Toma hojas nuevas. Coloca entre ellas papel carbón. Escribe.

Retira el papel del rodillo de la máquina de escribir. Toma hojas nuevas. Coloca entre ellas papel carbón. Escribe.

Retira el papel del rodillo de la máquina de escribir. Toma hojas nuevas. Coloca entre ellas papel carbón. Escribe.

Retira el papel. Lleva veinte años en la empresa. Almuerza algo frío. Vive sola.

Se llama la señora de Wolf. Recordémoslo: señora de Wolf, señora de Wolf, señora de Wolf.

Pensamientos del pagano Süttöfia Süttö, mientras por órdenes del preboste Vencelin, de Abádszalók, su cuerpo era descuartizado

(Observación: el preboste envió dos
viejas yeguas para el descuartizamiento.
Por esta razón el procedimiento
sólo tuvo éxito al cuarto intento.)

1

Es un esfuerzo inútil. ¿Qué sabe la cuarta parte de un ganso acerca del hecho de que hace diez minutos todavía era un ganso entero? Y al revés: ¿intranquiliza a un ganso el hecho de que diez minutos después será degollado, cortado en cuatro y asado hasta quedar crujiente?

Si pienso en todo eso —cuando justo no estoy lanzando alaridos—, ¡entonces me río con ganas para mis adentros!

2

¡Cuán impacientes son las nuevas religiones!

Si hubiera sido yo el que hubiera derrotado a los de la Santísima Trinidad, entonces con seguridad no hubiera fastidiado al preboste, sino que con un solo tajo de espada lo hubiera partido en dos.

¡Y eso que tengo mejores caballos que él!

3

La fuente de la cobardía está en que los seres humanos no pueden imaginarse que lo malo pueda ser aún peor.

Pero yo, si pienso que en lugar de en cuatro, el preboste hubiera podido ordenar destrozarme en ocho pedazos, aunque no considero mi situación color de rosa, a fin de cuentas me siento satisfecho.

4

Frecuentemente meditaba intentando saber hasta cuándo abriga esperanzas el ser humano.

Ahora ya lo sé: hasta el último instante.

¡Compañeros, arad, sembrad, y por las noches, junto a la luz del candil, entonad con valor vuestros cantos paganos! Ved que ahora mismo yo todavía estoy tejiendo proyectos, soñando con esperanzas, y busco, para su compra, quizás con opción de permutar por vivienda en Abádszaló, abrigo de piel de rata almizclera, para hombre, en buen estado, diseñado para constitución maciza, tres cuartos.

¡Y eso que ya me estoy rasgando!

El significado de la vida

Si enhebramos muchos pimientos rojos en un cordel, habremos conformado una ristra de pimientos.

Si en cambio no los enhebramos, la ristra no se produce.

Y, sin embargo, la cantidad de los pimientos siempre sería la misma, serían igual de rojos e igual de picantes. Pero no serían una ristra.

¿La causa estará sólo en el cordel? No, no es efecto del cordel. Ese cordel, como sabemos, es algo secundario, más bien de tercer orden.

Y entonces, ¿qué?

El que reflexiona sobre esto, y tiene cuidado de que sus pensamientos no se vayan a divagar hacia una cosa y otra, sino que marchen en la dirección correcta, podrá hallar grandes verdades.

Eco

Tampoco en cuanto a ecos nuestra bella patria se encuentra en los últimos lugares. Los amantes de la naturaleza llevan cuenta de varias docenas. El más famoso es el de Tihany: aparece en muchas leyendas y obras poéticas. Pero más interesante aún es el de la montaña de Csalános-Fülep.

El registro más antiguo que se conoce de este último corresponde a 1827, cuando alguien —quizás algún miembro de una partida de caza al que le jugaron una broma—, desde la casa del guardabosque gritó hacia el otro lado, donde se encuentra el acantilado de la montaña de Fülep:

—¿Quién diablos puso en mis zapatos estos rábanos?

El eco de Tihany, hasta en su época de oro, sólo repetía diez sílabas. ¡Y estas eran muchas más!

Desde entonces ha transcurrido cerca de siglo y medio. Son muchos los que han andado alrededor de la casa del guardabosque de Csalán: enamorados felices, errantes desertores del ejército, muchachas recogiendo setas, delincuentes huyendo de la ley, veraneantes. Le gritaron toda clase de frases a la montaña de Fülep. Por ejemplo:

—¡Estamos aquí los dos, Ferenc y Katalin!

O:

—¡Ya no lo dejan ni morirse en paz a uno!

O también:

—¡Elmer Richter, beber y comer!

Algunos blasfemaban, otros suplicaban por piedad o lanzaban un inarticulado canto de gallo, porque en los grandes bosques a uno lo que le apetece es cantar como un gallo.

El eco de Tihany fue echado a perder por las construcciones, pero el de la montaña de Csalános-Fülep funciona perfectamente hasta el día de hoy. Lo único raro es que, cualquiera que venga, y grite lo que sea, el eco siempre contesta lo mismo:

—¿Quién diablos puso en mis zapatos estos rábanos?

Otra cosa no sabe decir.

Budapest

Un autobús chocó violentamente contra un árbol en la plaza Kálvin. De pronto en la ciudad se detuvieron todos los tranvías. Todo se detuvo, hasta los pequeños ferrocarriles en las vidrieras de las jugueterías. Se hizo el silencio. Luego se oyó un leve rumor, pero sólo se trataba de las hojas de un periódico barridas por el viento. Después el soplo las arrinconó contra una pared, y entonces el silencio se hizo más intenso todavía.

Ocho minutos después de la explosión de la bomba atómica se fue la luz, e inmediatamente después en la radio terminó de sonar el último disco. Una hora más tarde, de las tuberías sólo salía un borboteo y entonces ya no hubo más agua. Las hojas de los árboles se secaron, tiesas como si fuesen de metal. El semáforo señalaba paso libre, pero el último expreso de Viena no llegó a entrar en la estación. A la mañana siguiente ya el agua se había enfriado en su caldera.

En el lapso de un mes los parques se llenaron de maleza y crecieron hierbas en los areneros en los que antes jugaban los niños y en los estantes de las tabernas se secaron las apetitosas bebidas. Todo alimento, toda artesanía de cuero y todos los libros de las bibliotecas fueron devorados por los ratones. El ratón es un animal muy fecundo; durante un año puede reproducirse hasta cinco veces. No mucho tiempo después los ratones cubrieron de tal manera las calles que éstas parecieron un empedrado de terciopelo que fluía como fango.

Tomaron posesión de las viviendas, y en las viviendas de las camas, y en los teatros de los palcos. Se introdujeron también en la ópera, donde lo que se representó por última vez fue *La Traviata*. Cuando traspasaron con sus dientes la última cuerda del último de los violines, su acorde fue la palabra de despedida de Budapest.

Pero ya al día siguiente, justo enfrente de la ópera, sobre los escombros de un edificio, apareció un aviso: «Corriendo con los gastos del cebo, la señora del doctor Varsányi acepta encargos para exterminar ratones».

Transacción

1. Recibo

Yo, la suscrita Jutka Hallada, por medio de la presente testifico que en el día de hoy he mamado del pecho de mi madre, la señora del doctor Ernö Hallada, residente en Budapest, ocho decilitros de leche. En vista de que la leche es de buena calidad y la cantidad fue suficiente, por medio de la presente me comprometo a no presentar en lo sucesivo ninguna otra exigencia en contra de la mencionada residente de Budapest, señora del doctor Ernö Hallada.

Jutka Hallada, lactante

2. Declaración

Yo, la suscrita señora del doctor Ernö Hallada, residente en Budapest, por medio de la presente declaro que el traspaso de ocho decilitros de leche materna entregados a Jutka Hallada, residente en Budapest, para mí no representó ninguna carga, todo lo contrario, me produjo alivio. Por lo tanto de Jutka Hallada no puedo exigir, ni en el presente ni en el futuro, ni gratitud ni contraprestaciones filiales.

Señora del doctor Ernö Hallada, madre

Memorias de un charco

El 22 de marzo de 1972 llovió todo el día, y yo me fui formando en un lugar muy agradable. Lo voy a nombrar: en Budapest (capital de Hungría), delante del número 7 de la calle Dráva, en el distrito XIII, allí donde está hundida la acera. En ese sitio viví, modestamente. Muchos metieron su pie dentro de mí, y luego, mirando hacia atrás, me insultaron, me denigraron, me dirigieron duras palabras, las cuales no voy a transcribir aquí. Fui charco durante dos días, y soporté sin quejas todas las ofensas. Como es sabido, el 24 salió el sol. ¡Oh, qué vida paradójica! ¡Cuando el tiempo mejoró, yo me sequé!

¿Qué más puedo escribir? ¿Fue buena mi actuación? ¿Fue insensato mi comportamiento? ¿Esperaron de mí alguna otra cosa en el número 7 de la calle Dráva? Aunque ahora ya da lo mismo, de todas maneras sería bueno saber, porque después de mí se formarán nuevos charcos en ese lugar. Nuestra vida transcurre rápidamente, nuestros días están contados, y mientras yo estuve allá abajo, se levantó una generación lista para actuar, charcos potenciales, soñadores, llenos de ilusiones, que me interrogan a mí, me acosan para saber con qué pueden contar en ese hoyo tan prometedor.

Pero yo charqueé únicamente durante dos días, según lo cual sólo puedo afirmar que es un hecho cierto que el tono preponderante allí es drástico, que la calle Dráva es ancha, y que en todo momento, cuando no debiera, aparece el sol, pero, al menos, no hay que desaguar en la alcantarilla... ¡Ah, qué huecos, qué agujeros! ¡Roturas de tuberías! ¡Calzadas destrozadas! ¡Son una gran cosa hoy en día! ¡Jóvenes, si me hacéis caso, adelante! ¡En dirección a la calle Dráva!

Índice

Instrucciones de uso 5
Acerca del grotesco 6

SITUACIONES
Sin novedad 11
¿Qué es esto? ¿Qué es esto? 14
La muerte del actor 17
Prestigio 18
Fenómeno 20
Un terco error de imprenta. *Fe de erratas* 21
¡Hasta nuestros más audaces sueños pueden realizarse! . . . 22
Información 24
Muerte efervescente 25
Panteón húngaro 27
In memoriam doctor K. H. G. 31

RETRATOS
¿Qué se dice por el altavoz? 35
Cliente fija 37
Sin perdón 40
Un lector escrupuloso 44
Canción 47

CUADROS DE ÉPOCA
Dos cúpulas en forma de cebolla en el paisaje de invierno . . 51
Perpetuum mobile 53

Dedicatorias de un escritor húngaro 55
En el camerino 59
Estampa de época 62
Prueba de carácter 63
Un sólo cuarto, pared de adobe, techo de paja 64
1949 66

DESDE EL REVERSO
Los seres humanos anhelan el calor 69
Pesadilla 75
Italia 78
Declaración 79
La esperanza nunca se pierde 82
El vecino nuevo 84
¡Adiós, París! 86

VARIACIONES
Algunos minutos de política exterior 91
Noticias y pseudonoticias 94
El redentor 99
Variaciones 101
Hoja de álbum 102
Surtido 103
Intervención en el Parlamento 105
Destino 106
Balada acerca del poder de la poesía 107
Aviso clasificado: *Nostalgia eterna* 110
Noticia 111
¡Confiemos en el futuro! 112
In our time 114
Muchas veces nos entendemos bien en los asuntos
    complejos, y no en cuestiones más simples 117
Conflictos de identidad de un tulipán 120